Roxane Bicker (Hrsg.)

Zeitenfluss

Zeitenfluss

Zeitreisen – ewiger Traum der Menschheit. Vergangenes Unrecht wiedergutmachen. Zukünftige Entwicklungen vorhersehen. Doch selten läuft alles glatt auf dem Fluss der Zeit, und nicht jede Reise geschieht freiwillig. Zu Ehren des Münchner Zeitreisenden Ernst Ellert stürzen sich unsere Autor*innen in die Stromschnellen und finden heraus, wohin der Weg sie führt.

Diese Anthologie erscheint anlässlich des Ernst Ellert-Con II, des Con des Münchner Perry-Rhodan-Stammtisches.

Die Münchner Schreiberlinge e. V.

sind ein Verein von engagierten, aufgeschlossenen Autor*innen.
Kennengelernt haben wir uns in Schreibkursen, Leserunden, Buchveranstaltungen und treffen uns seit Anfang 2017 regelmäßig einmal die Woche zum gemeinsamen Austausch, Schreiben und Lesen.

Einige von uns haben bereits Bücher veröffentlicht, andere schreiben nur für sich und genauso vielfältig wie wir sind auch unsere Texte und Genres.

Mehr zu uns und unseren Aktivitäten findest du in den Social Media.

Hast du einen Bezug zu München und möchtest dich uns anschließen oder uns unterstützen?

Hier findest du alle Informationen zu unserem Verein:
www.muenchner-schreiberlinge.de

Roxane Bicker (Hrsg.)

Zeitenfluss

Auf den Spuren von Ernst Ellert

Anthologie der Münchner Schreiberlinge

Bibliografische Information der Deutschen Nationalbibliothek:
Die Deutsche Nationalbibliothek verzeichnet diese Publikation
in der Deutschen Nationalbibliografie; detaillierte bibliografische
Daten sind im Internet über *http://dnb.dnb.de* abrufbar.

Lektorat: Roxane Bicker, Mae Ludwig, Marina K. Wolf

Korrektorat: Tino Falke

Mit freundlicher Genehmigung der PERRY RHODAN-Redaktion,
Rastatt

Cover: Daniela Szegedi, www.senestrey.de
unter Verwendung des folgendes Depositphotos-Werkes:
© Mo_Ali

Buchsatz: Roxane Bicker
gesetzt aus der EB Garamond
erstellt mit *SPBuchsatz*

Herstellung und Verlag: BoD – Books on Demand, Norderstedt

ISBN: 9783757889906

Gewidmet Ernst Ellert und allen Zeitreisenden

Dieses Buch enthält Inhaltswarnungen / Content Notes
auf der letzten Seite gegenüber der Deckel-Innenseite.

Siehe auch:

www.muenchner-schreiberlinge.de

Inhaltsverzeichnis

Vorwort

Diese 11. Anthologie der Münchner Schreiberlinge war nicht geplant. Sie ist das Produkt einer spontanen Idee auf dem 12. Garching-Con, dem PERRY-RHODAN-Fanevent vor den Türen Münchens. Jürgen Müller, Initiator von Garching- und Ernst Ellert-Con, äußerte den Wunsch, ob man nicht vielleicht eine Anthologie ...?

Solche Wünsche stoßen bei uns auf offene Ohren, und so waren schnell einige Freiwillige zusammengetrommelt, die Zeitreise-Geschichten zusammentrugen: mit und ohne München-Bezug und mit Reisenden, die durch Geräte, Maschinen oder Zauberei durch den Fluss der Zeit geschleudert werden.

»Auf den Spuren von Ernst Ellert«, so der Untertitel des Buches – Ernst Ellert, dem Münchner Teletemporarier, seien also diese Reisen auf dem Fluss der Zeit gewidmet.

Uschi Zietsch

Geleitwort

Ich freue mich sehr, die Anthologie »Zeitenfluss« vorstellen zu dürfen. Wer mich kennt, weiß, dass ich einen starken Bezug zu Zeitreisen, ihren Paradoxa, Schleifen, Es-geschieht-weil-es-geschah und dergleichen mehr habe. Ich habe auch schon im Rahmen verschiedener Serien einige Texte verfasst, die Zeit als Thema hatten, und mich dabei mit Begeisterung in ausweglose Widersprüche verheddert. Ein unerschöpfliches Thema, über das ich stundenlang diskutieren kann. Und natürlich auch schreiben.

Aber was genau ist denn so faszinierend daran? H. G. Wells hatte schon ein Faible dafür und baute eine großartige Zeitmaschine, um seinen Protagonisten in eine weit entfernte Zukunft zu schicken. Und wenn wir an »Die Jetsons« denken, die bereits 1962 in einem Utopia gelebt haben, von dem wir heute noch gern träumen, beantwortet sich die Frage zum ersten Teil: Der Mensch ist neugierig darauf, wie es in der Zukunft aussehen mag, vor allem dann, wenn er in der aktuellen Gegenwart ziemlich viel Mist baut. Er wünscht sich eine friedliche, hochtechnisierte Welt, in der schlichtweg alles möglich ist und das globale Leben unbeschwert. Der zweite Antwortteil bezieht sich auf die Vergangenheit, wobei die Voraussetzung dieselbe ist: Wir haben in der Gegenwart Mist gebaut und wollen das in der Vergangenheit wiedergutmachen.

Aber geht das überhaupt? Geraten wir bei der Vergangenheit nicht in eine Zeitschleife, lösen wir dadurch womöglich noch viel Schlimmeres aus, kann man über die eigene Lebenszeit hinaus reisen … ? Und was ist mit der Zukunft: Gibt es da schon etwas, zu dem man reisen kann, oder entsteht sie erst in jedem Augenblick neu und ist fließend, steht niemals fest?

Zur Zeit der Jetsons war die Quantenphysik noch nicht allgemein populär und wurde vor allem von Albert Einstein, Max Planck, Werner Heisenberg und Erwin Schrödinger durchdacht (und von dem einen oder anderen abgelehnt ...).

Die Quantenphysik könnte – zumindest in der Theorie – durchaus Auswege aus dem Gedankenexperiment »Zeitreisen« anbieten. Wie damit umgegangen wird und aus welcher Motivation heraus die Zeitreisenden handeln, stellt Roxane Bicker als Herausgebende dieser Anthologie vor. Die Idee dazu entstand zu Ehren des Münchner Zeitreisenden Ernst Ellert, einer der faszinierendsten Figuren aus der PERRY-RHODAN-Serie.

Matthias Sebastian Biehl erzählt in »Altlasten« über den ungewöhnlichen Nachlass, den zwei Brüder in ihrem Elternhaus finden – und aus unterschiedlichen Gründen der Versuchung erliegen.

Im historischen Rahmen Friedrichs des Großen verwendet Tanja Kinkel in »Und täglich grüßt der Alte Fritz« das Murmeltier-Thema für eine berührende Geschichte über die Verlassens-Angst.

Bernhard Schmidt nähert sich in »Im Anfang war das Wort« der wissenschaftlich-theologischen Überlegung zu Zeitreisen per Quantenphysik an, um die Frage zu klären: Wie genau fing es an?

Sarah Malhus berichtet in »(K)Ein alternatives Ende« über kleinste Fehler, die Zeitreisende alles kosten können.

Jon Barnis wählt in »Ipson auf dem Hochhaus« eine interessante Perspektive des München der Zukunft.

Und Jacqueline Mayerhofer erzählt in »Die Kanon-Zeitschleife« ein Zeitreise-Abenteuer, das Schleifen, Paradoxa und diverse Zeitebenen wunderbar miteinander verknüpft.

Jede Geschichte hat ihre eigene Facetten, philosophische, emotionale und wissenschaftliche Aufarbeitungen über den Zeitenfluss, in dem wir leicht verloren gehen können.

Ich wünsche jede Menge Lesevergnügen bei diesen interessanten Betrachtungen!

Uschi Zietsch
Markt Rettenbach, Februar 2024

Jacqueline Mayerhofer

Die Kanon-Zeitschleife

München, 2024

»Ich hab's!« Lea betätigte den Hebel für die Inbetriebnahme. Adrian und sie hatten Jahre investiert, um die Maschine zu reparieren, die sie in einer der verlassenen Ruinen in einem Kellerabteil eines früheren Forschungslabors gefunden hatten. Schon als Kinder hatten sie sich in der Gosse bis zum Erwachsenenalter durchgeschlagen und aufeinander aufgepasst. Adrian war der beste Hacker, den Lea kannte. Und sie keine üble Netrunnerin, wenn es darum ging, die Gefilde des Cyberspace wie ihre eigene Westentasche zu kennen.

»Hast du kontrolliert, ob die integrierten Teilchenbeschleuniger innerhalb der vorgegebenen Kopplungsparameter liegen?«, fragte Adrian. »Andernfalls gehen nicht nur wir drauf, sondern so ziemlich alle. Quantenmechanik ist ein heißes Gebiet.«

Sie verdrehte die Augen. »Das weiß ich.«

»Ich will dich nicht belehren, aber die Konsequenzen, wenn wir versagen, sollten wir trotzdem im Kopf behalten.«

Lea zog ihn zum Fenster. Sie befanden sich in einer Lagerhalle, die sie seit geraumer Zeit bewohnten, um an der Maschine zu arbeiten. »Das dort draußen ist die Hölle«, sagte sie und ließ Adrian wieder los. Nach heftigen Bürgerkriegen war Deutschland in Grenzbereiche gegliedert worden. Es gab die Reichsten der Reichen, die mit ihren Konzernen ganze Städte einnahmen. Die heruntergekommenen Slums, die an die Steppeneinöde grenzten, die vor langer Zeit mal die Landeskreise Augsburg, Rosenheim, Landshut und Ingolstadt gewesen waren. Ganz Bayern war zersplittert – und ein großer, angrenzender Teil Österreichs obendrein. München war neben Berlin, Frankfurt und anderen Großstädten eine der wenigen Metropolen, in denen die meisten Firmenchefs, die nach den Bürgerkriegen nun das Sagen hatten, residierten.

Lea ließ ihren Blick über die Hochhäuser wandern. Wenn es sich nicht um zerbombte Gebäude handelte, übernahmen glänzende Glasfronten die Oberhand. Neon-Reklametafeln und Projektoren, die bewegliche Holobilder in die Luft projizierten, waren überall zu sehen. Abgase stiegen gen Himmel. Es stank nach Öl, chemischem Dampf und anderem undefinierbarem Zeug. Einige Straßen weiter brüllte gerade jemand auf, gefolgt von einem Schuss.

Das war die Realität. Sie lebten inmitten einer katastrophalen Dystopie, in der das Gebot des Stärkeren galt. Schwächere – wie sie oder Adrian, die stets um ihr Überleben kämpften – waren auf der untersten Stufe der Gesellschaft.

»Hey, Kopf hoch«, sagte Adrian sanft.

Dieser eine Satz schaffte es tatsächlich, sie ein wenig aufzumuntern. »Ich wünschte, unser Plan wäre nicht mit so vielen möglichen Konsequenzen verbunden.«

»So ist es eben, wenn man durch die Zeit reist.« Entschlossen ging er zu der riesigen Maschine. »Wir schaffen das.«

Einige Momente lang sahen sie einander in die Augen – bis Lea nickte, ebenfalls zur Zeitmaschine schritt und nach ihrem Handgelenksimplantat griff. Als sie es herauszog, spürte sie das unangenehme Kribbeln, das die Kabelverbindungen, die mit ihren Synapsen verschmolzen waren, erzeugten. Lea steckte es in einen der Ports und verband sich mit dem Systemcomputer. Unzählige Lichter blinkten, Antriebsmotoren surrten. In ihrem Geist tat sich der Cyberspace auf, doch im Gegensatz zu ihren sonstigen, meist illegalen Netrunner-Jobs würde sie nicht bleiben. Sie nutzte ihn bloß, um sich mit dem künstlichen Verstand der Maschine zu verbinden. Ein Ruck in ihrem

Geist sorgte dafür, der Realität etwas von der Virtualität, die der Neuroprozessor in ihrem Kopf erzeugte, überzustülpen.

»Bereit?«, fragte Lea an Adrian gewandt, der sich ebenso über sein Implantat mit der Maschine verband. Er bot ihr seine Hand an. Als Lea ihre Finger mit seinen verschränkte, nickte er. »An deiner Seite. Bis zum Schluss. Koste es, was es wolle.«

Über einen Gedankenimpuls aktivierte Lea den Zeitsprung und wählte das 18. Jahrhundert, in dem sie den Auslöser der heutigen Weltlage vermuteten. Und dann ... war es ihr, als sauge sie ein Wurmlochtunnel ein, der sich wild um seine eigene Achse drehte.

Munichen, 1158

Lea und Adrian trennten die Verbindung zu der Zeitmaschine, ehe sie sich umblickten.

»Sind wir hier richtig?«, fragte Lea aufgeregt. Sie befanden sich inmitten großflächiger Felder. Vereinzelt sahen sie Gehöfte mit Kühen, Schafen und Schweinen. Altertümlich gekleidete Menschen bestellten den Acker. Hinter ihnen verlief eine breite Kieselstraße, über die eine Kutsche holperte.

»Wirkt auf mich, als wären wir etwas *zu weit* zurückgesprungen«, sagte Adrian nachdenklich.

Lea wandte sich um. Das Display der Zeitmaschine zeigte das Jahr 1158. Sie erinnerte sich sofort an ihr Holo-Learning. »Das ist das Jahr, in dem München das erste Mal urkundlich genannt wurde!«

Adrian zuckte mit den Schultern. »Du bist das Geschichtsgenie.« Sein Gesichtsausdruck wurde mit einem Mal finster. »Lea, wir bekommen ein Problem.«

Irritiert folgte sie seinem Blick. Es kamen tatsächlich einige der Bauern auf sie zu. Wie in einem schlechten Horrorfilm waren sie mit Heugabeln und einer von ihnen sogar mit einem Gewehr ausgestattet.

»Scheiße!«, entwich es ihr. Sofort wandte sie sich zur Zeitmaschine um, riss den Plug aus ihrem Handgelenk und versenkte ihn im Port der Maschine.

»Glaubst du, die schießen wirklich auf uns?«, fragte Adrian, während er ihrem Beispiel folgte.

»Finden wir es besser nicht heraus!« Als hätte Lea es verschrien, zischte eine Ladung Schrot an ihnen vorbei und fraß sich in die Zeitmaschine. »Verflucht!« Lea konzentrierte sich, doch sie fand keine Möglichkeit, um in den Cyberspace einzutreten. Nur die Verbindung mit dem Systemcomputer blieb, um die Maschine über Gedankenimpulse zu steuern.

»Lea! Schneller!«, drängte Adrian.

Aus dem Augenwinkel erblickte sie plötzlich etwas Dunkles aus dem Nichts erscheinen, doch sie konzentrierte sich lieber auf den Start des Sprungs. Die Bauern schrien in einem eigentümlichen Dialekt, der sie entfernt an den bayerischen erinnerte. Sie meinten gerade etwas von Teufeln und Dämonen, als Lea und Adrian in den Reisetunnel gelangten. Etwas knackte dabei jedoch verdächtig laut an der Zeitmaschine – gefolgt von einer nächsten Ladung Schrot.

München, 2024

Als sie wieder in die Lagerhalle zurückkehrten, fiel Lea ein Stein vom Herzen. Jedenfalls so lange, bis sie sich von der Zeitmaschine löste. Alles um sie herum bestand aus einem dunklen, gläsernen Material, durch das grüne Lichtlinien glitten.

Adrian stieß einen erstaunten Laut aus und blickte mit weit aufgerissenen Augen aus dem Fenster. Draußen begegnete ihnen eine Reihe von Hochhäusern aus demselben Material. Sie reichten so hoch, dass Lea kein Ende entdecken konnte. Noch dazu rasten Autos und andere Vehikel durch die Luft. Unten auf den Straßen waren nicht nur Menschen zu sehen, die einen ähnlich eng anliegenden Netrunner-Anzug wie Lea trugen, sondern auch welche, die Adrians schreiend gelben Neon-Look mit weiter Hose und bulliger Jacke bevorzugten. Motorräder rasten via Hover-Antrieb über den Asphalt. Unzählige Roboter, die inmitten der Menschen Hunde an der Leine führten oder Einkaufstüten trugen, waren ebenso zu sehen.

»Sind wir wirklich im richtigen Jahr?«, fragte Adrian. Er kontrollierte demonstrativ das Anzeigedisplay der Zeitmaschine: 2024.

Wieso war dann alles … »Oh shit!« Lea spürte, wie ihr Puls sich beschleunigte.

»Was?« Adrian wurde noch bleicher, während sie zur Maschine stürzte. »Hier. Schrot hat sich in die integrierten Datenspeicher-Tablets gefressen.«

»Das erklärt aber nicht, wieso wir jetzt in einer alternativen Version von 2024 gelandet sind!«

Lea suchte seinen Blick. »Bleib ruhig. Ich finde eine Lösung. Durchsuch du bitte einstweilen die Geschichtsschreibung. Ich …« Ihr Herz machte einen Stolperer. Das hatte sie vollkommen übersehen!

»Was ist?«, fragte Adrian der Panik nahe.

»Eines der Tablets fehlt.«

»Das ist doch nicht schlimm?«

Fieberhaft suchte Lea die Reihen ab, die in die Maschine eingebaut waren und mit blinkenden Lichtern zeigten, dass sie für den nächsten Sprung bereit war. Mit dem gespeicherten Wissen auf den Tablets existierte eine Art Verstand, über den Lea die Zeitmaschine ohne Hilfe des Cyberspace steuern konnte. Das Tablet war bei ihrem letzten Sprung wohl durch die Beschädigung ausgebrochen.

»Ich fürchte, wir haben etwas in der Vergangenheit zurückgelassen.«

Adrian zeigte den typischen Blick, wenn sich jemand mit seinem Geist im virtuellen Raum befand. Er kehrte zurück, sah jedoch alles andere als glücklich aus. »Lea … Wir haben tatsächlich die Vergangenheit verändert! Da steht was von zwei Teufeln, die sich später als

Götter entpuppten, die auf die Erde hinabstiegen, um den Menschen Fortschritt zu bringen. Es dauerte ewig, doch sie schafften es schließlich, das Datenspeicher-Tablet zu knacken – und revolutionierten damit ihre Zukunft.«

Lea wurde übel. »Wir müssen zurück.«

»Und dann?«

»Warten wir, bis wir verschwunden sind, um das Tablet einzusammeln.«

»Bitte was?«, fragte Adrian verdutzt.

»Lass mich erst noch die Zeit richtig kalibrieren, bevor wir uns selbst in die Quere kommen.«

»Was?«

»Verbinde dich einfach mit der Zeitmaschine!«

»Du brauchst mich nicht gleich anfahren!«

Lea schüttelte den Kopf, versuchte Ruhe zu bewahren. Wieder verband sie sich und initiierte die Reise.

München, 1158

Lea hatte ihren Austrittsort diesmal versetzt. So kamen sie etliche Meter entfernt von dem alten auf einem der Felder an. Gerade zu jenem Zeitpunkt, zu dem die Bauern sie angriffen. Lea und Adrian beobachteten sich selbst, wie sie stürmisch an der Zeitmaschine hantierten. Danach lösten sie sich in Luft auf und verschwanden.

»Wir waren das also«, murmelte sie.

»Was meinst du?«, fragte Adrian, der natürlich keine Gedanken lesen konnte.

»Ich habe etwas Großes aus dem Nichts auftauchen sehen, bevor wir nach 2024 zurückkehrten.«

»Das ist irre!«

»Ist es. Jetzt müssen wir nur noch ...« Lea endete mitten im Satz, als sich die ersten Bauern zu ihnen umdrehten. War es riskant, erneut gesehen zu werden? Oder gehörte das ohnehin zu jener Vergangenheit, die die neue Gegenwart ausgelöst hatte, in der sie als Götter verehrt wurden?

»Das Tablet!«, rief Adrian und deutete auf ein kleines Mädchen, das dem Menschenauflauf aus einem der Gehöfte gefolgt war. Es drehte das Datenspeicher-Gerät neugierig in der Hand und zeigte es seiner Mutter.

»Lenk sie ab, ich hol es zurück!« Lea trennte die Verbindung mit der Zeitmaschine und rannte los.

»Wie zur Hölle soll ich das anstellen?«, rief er ihr nach.

Adrian ignorierend eilte sie auf das Kind zu. Wütende Schreie erklangen hinter ihr – er lockte die Bauern tatsächlich allein mit seiner Anwesenheit von der Maschine fort. Das war Leas Chance. Sie hetzte auf die Kleine zu, riss ihr das Tablet aus den Fingern und wandte sich an die Mutter. »Tut mir leid.« Sie hoffte, dass es für die beiden, die höchstwahrscheinlich Mittelhochdeutsch sprachen, verständlich war. Als die Frau ihr Kind daraufhin hinter sich drückte und Lea mit drohenden Gebärden vertreiben wollte, zögerte sie nicht lange und rannte zur Zeitmaschine zurück.

»Adrian!«, brüllte sie, der gerade – wie auch immer – zu einem Weidenkorb gekommen war und diesen auf den Mann schleuderte, der auf ihn zielte. Der Schuss ging fehl.

Danach hetzte er zu ihr. »Ich bezweifle langsam«, sagte er keuchend, während er sich wie Lea mit der Maschine verband, »dass Zeitreisen eine gute Idee ist.«

»Ich auch.« Lea initiierte den Sprung.

München, 2024

Wieder zurück, fanden sie sich in der gewohnten Lagerhalle wieder. Auch außerhalb war alles unverändert. Sie waren in jenes dystopische 2024 zurückgekehrt, aus dem sie gekommen waren.

»Wie viele Sprünge haben wir noch?« Adrian rang immer noch um Atem.

Lea blickte zur Zeitmaschine. Sie platzierte das zurückgewonnene Tablet in dem freien Slot der Datenspeicherreihen. Die halb volle Energieleiste zeigte an, dass die Maschine trotz der Beschädigungen weiterhin einsatzbereit war.

»Ich schätze drei bis vier Sprünge.« Sie suchte seinen Blick. »Sollen wir morgen weitermachen und uns ausruhen?«

Adrian verneinte. »Jetzt oder nie.«

Er hatte recht, es hinauszuzögern brachte nichts. Wieder legte Lea über einen Gedankenimpuls das 18. Jahrhundert fest – und sie sprangen.

Unionsmetropole München, 4202

»Wo sind wir jetzt wieder gelandet?«, fragte Adrian fassungslos.

Sie befanden sich zwar erneut in der Lagerhalle, doch diesmal ähnelte sie wieder jener aus dem von ihnen veränderten 2024. Alles war modernisiert, wirkte gar kirchenähnlich. Draußen rasten Gefährte die Luftstraßen entlang. Hatte es doch nichts bewirkt, das Tablet zurückzuholen?

»Woah!«, machte Lea, als sie neben den Treppen in einer Galerie Denkmäler entdeckte, die ihnen selbst glichen.

Und diesmal wurden sie sogar erwartet. Ein Mann in weißer Robe mit unzähligen Neonlichtern darin kam auf sie zu. Gefolgt von einer Gruppe von Frauen und Männern in ähnlicher Kleidung.

»Seid gegrüßt, Zeitreisende«, sagte er. »Ich bin Rabian.«

Unwillkürlich drängte sich Lea näher an Adrian.

»Habt keine Angst, Leandra Siha und Adrian Schäfer. Wir wussten, dass ihr heute erscheint.« Der Mann lächelte freundlich.

»Echt?« Lea verzog das Gesicht. Hätte sie nicht etwas Intelligenteres fragen können?

»Ja. Es ist schon einmal geschehen: In einer Vergangenheit, die mich von einer anderen Zukunft in diese Gegenwart geholt hat.«

Die Worte brachen sämtliche Gehirnwindungen in Leas Kopf. »Du bist also auch Zeitreisender?«

Rabians Lächeln wurde stolz. »Ja. Es gibt verschiedene Zeitlinien. Das heutige 4202 ist jenes, zu dem es geworden wäre, hättet ihr das Tablet nicht zurückgeholt.«

»Wie kannst du das alles wissen?«, fragte Adrian verblüfft.

Als der Mann zu ihm sah, wurde sein Blick traurig. »Weil ich der Zeitlinie angehöre, die ihr erschaffen werdet. Ich komme aus dem Jahr 5607. Da ich mich für Geschichtsschreibung interessiere, fiel mir eine Ungereimtheit in der Vergangenheit auf. Ein Vorfall im Jahr 1777, der mindestens zwei mir bekannte Ausgänge hat. Also reiste ich zurück und fand heraus, dass ich in eine andere Zeitlinie wechseln musste, um euch heute, in diesem 4202, zu treffen.«

Lea schnaubte. »Wieso wolltest du uns treffen?«

»Weil ich mittlerweile beide Zeitachsen kenne. Mal davon abgesehen, dass dieses Treffen nicht zur korrekten Zeitlinie gehört. Es wird in jener, die ihr erschaffen werdet, nicht stattfinden. Trotzdem ist es nötig, um die korrekte Zeitlinie erst zu gewährleisten.«

»Kannst du bitte Klartext reden?«, fragte Adrian irritiert.

Rabian lächelte gutmütig. »Es gibt unendlich viele mögliche Zeitachsen. Das jetzt zu erklären, würde zu lange dauern. Ich verspreche dafür, euch zu helfen, eure Zeitlinie zu korrigieren. Ihr kommt nämlich aus jenem nicht-kanonischen 2024, das nicht zu dem Zeitfluss gehört, der eigentlich vorherrschen sollte. Und ich wiederum komme aus einer weiteren Zeitachse.«

Lea dachte angestrengt nach. »Also haben wir Erfolg?«

»Ja, das werdet ihr.«

Sie zögerte. »Dann bist du der Fixpunkt, der dafür sorgt, die Zeitlinien zu korrigieren? Und wir bloß Spielfiguren aus einer falschen Zeit?«

»Nicht falsch – nur alternativ.« Rabian wurde ernst. »Unsere

Begegnung bedingt die Koexistenz verschiedener Zeitschleifen. Ein Forschungsgebiet, das 5570 eine eigene Studienrichtung erhält.«

»Was müssen wir dafür tun?«, fragte Lea aufgeregt.

Der Blick des Mannes wanderte zu Adrian. »Ihr habt die Wahl. Entweder korrigiert ihr die Zeitlinie oder ihr bleibt in jener, aus der ihr kommt.«

»Was ist der Haken?« Adrian wurde sichtbar misstrauisch.

»Deine Existenz.«

»Wie bitte?«

Heiß glühender Schock durchfuhr Lea, als Rabian fortfuhr. »Es ist so einfach und gleichzeitig so tragisch. Ihr müsst ein Ereignis in 1777 verhindern. Seid ihr erfolgreich, wird derjenige nie geboren, der als Auslöser für euer 2024 gilt.«

Diesmal begriff Adrian schneller als sie. »Und dieser jemand ist mein ... Vorfahr?«

»Bedauerlicherweise ja. Theodor Viktor spielt für den Ausbruch der Bürgerkriege eurer Zeitlinie eine bedeutende Rolle. Er hat großen Einfluss auf die anderen Schuldigen.«

Entsetzt wandte sich Lea an Adrian. »Es gibt bestimmt eine andere Lösung!«

»Gibt es nicht«, antwortete Rabian. »Ich bin viel durch die Zeit gereist, habe gelernt und gelehrt.« Er sah zu Adrian. »Alles, was ich für dich tun kann, ist dir zumindest die Wahrheit über deine Vergangenheit anzubieten.«

»Ich ...« Adrian zögerte. »Okay.«

»Dann folgt mir. Meine Leute werden einstweilen eine Kleinigkeit an eurer Zeitmaschine korrigieren.«

München, 1777

Das Klappern von Pferdehufen und Rattern von Kutschenrädern erfüllte die Luft. Lea und Adrian hatten sich der Zeit entsprechend gekleidet, um nicht aufzufallen.

Schweren Herzens wandte sie sich an ihn. »Wir müssen das nicht tun, das weißt du, nicht wahr?«

Adrian lächelte. »Ja. Aber wir dürfen mein Wohl nicht über das der Menschheit stellen. Wenn ich schon der uneheliche Sohn einer Nachfahrin von Theodor Viktor bin, erfülle ich so wenigstens meinen Zweck.«

Lea nahm seine Hand in ihre. »Du bist mehr als das.«

»Nicht für die Reichen.«

Es stimmte, Adrians Mutter war der Kopf einer der größten Bankenkonzerne der Stadt. Ihre Affäre hatte sie geheim gehalten, indem sie Adrian nach seiner Geburt in ein Heim gegeben hatte. Erst später als 2024 würde diese trotzdem an die Öffentlichkeit gelangen. Nicht so jedoch in der kanonischen Zeitlinie, die sie heute erschaffen wollten.

»Ich will dich nicht verlieren«, flüsterte Lea.

Adrian atmete langsam aus. »Ich sagte doch, ich bleibe bis zum Schluss bei dir – koste es, was es wolle.«

»Ich will in keiner Gegenwart leben, in der du nicht existierst.«

»Komm jetzt, wir müssen ein potenzielles Liebespaar voneinander fernhalten, das noch nichts voneinander weiß. Es darf nicht mal Blickkontakt haben, vergiss das nicht.«

»Ja, ja. Es würde unweigerlich zu einem ähnlichen 2024 führen, aus dem wir kommen. Ich weiß.« Lea war alles andere als glücklich. »Also gut. Theodor Viktors Vorfahr sollte in ungefähr zehn Minuten die Kneipe betreten. Ich werde ihn so lange ablenken, bis du deine Vorfahrin an einen anderen Ort gelockt hast. Es hat schon einmal funktioniert, also wird es das wieder. So können wir eine Zukunft schaffen, die zum Wohl aller ist. Zeitschleife und so.«

»Ich werde das nie kapieren.« Adrian seufzte. »Wollen wir?« In altertümlicher Manier hielt er ihr den Arm hin. Sie nahm sein Angebot an – danach gingen sie zur Kneipe.

München, 2024

Als Adrian und Lea ihre Verbindung zur Zeitmaschine kappten, befanden sie sich in einer auffällig sauberen Lagerhalle, in der ganze Regale mit unzähligen Heftromanen gefüllt waren. Daneben hing ein Poster, auf dem stand: *PERRY RHODAN – Die größte Science-Fiction-Serie* seit 1961.

Als Lea zum Fenster hinaussah, begegnete ihr eine Stadt, von der sie immer geträumt hatte: Keine Schüsse waren zu hören, keine Neon-Reklametafeln blendeten sie, kein giftiger Dampf stieg gen Himmel. Alles wirkte friedlich, geordnet, sauber. Es gab auch keinen Cyberspace, wie sie bei einem Versuch, wie gewohnt die Nachrichten zu lesen, feststellte.

»Wir haben es geschafft!«, freute sich Lea und wandte sich Adrian zu.

Er lächelte, doch seine Gestalt flackerte – wie ein Geist, der sich nicht länger im Diesseits halten konnte. »Das haben wir«, sagte er noch leise, ehe er sich auflöste. Lea griff verzweifelt nach ihm, doch mehr als feine Staubkörner bekam sie nicht zu fassen.

»Adrian!« Tränen strömten über ihre Wangen. In dieser Zeitlinie würde die Menschheit niemals erfahren, was Lea und Adrian für sie getan hatten. Doch war es wirklich das Richtige gewesen? Adrian hatte bis zum Ende daran geglaubt, Rabian es ihnen bestätigt. Dennoch tat es verdammt weh.

Lea wischte die Tränen fort. Ihr Abenteuer war eine Zeitschleife, also existierte Adrian irgendwo und irgendwann dort draußen noch innerhalb der verschiedenen Zeitlinien. Sie lächelte, als sich ihre Erinnerungen plötzlich spürbar veränderten. Ein Nebeneffekt, dem man erst 5607 entgegenwirken würde können. Und ein Fakt, den sie sogleich wieder vergaß. Auch ihre Implantate lösten sich langsam auf.

Was tat sie hier eigentlich? Und was war das für eine gigantische Maschine, die alles andere als funktionstüchtig aussah?

Leandra schüttelte den Kopf. Sie musste schon wieder geschlafwandelt haben.

Zeit, nach Hause zu gehen.

Matthias Sebastian Biehl

Altlasten

Benjamin Nienmeyer fand die Zeitmaschine bei der Haushaltsauflösung seiner Eltern.

Seine Mutter schlief vor ein paar Jahren im hohen Alter von 73 Jahren friedlich ein. Benjamin und sein Bruder Friedrich erbten den umfangreichen Besitz. Immer wieder fuhren sie in den Wochen nach dem Begräbnis zum Haus der Eltern im Münchner Vorort Ottobrunn und entrümpelten das alte Gemäuer Zimmer für Zimmer und Schrank für Schrank.

Das Haus mit weitläufigem Garten lag in einem der älteren Ortsviertel. Damals, in ihrer Kindheit, sahen alle Grundstücke hier so aus wie das ihrer Eltern. Nach und nach jedoch zogen die Bewohner weg oder verstarben. Die neuen Eigentümer ließen die Einfamilienhäuser durch Doppelhaushälften und Mehrparteienhäuser ersetzen. Gewinnmaximierung durch Nachverdichtung.

Die Brüder wussten noch nicht, ob sie diesem Trend folgen wollten. Zunächst galt ihr Augenmerk der Sichtung des Nachlasses. Dabei tauchten unweigerlich allerlei Dinge aus ihrer Kindheit auf, durch die sie in nostalgischen Gefühlen versanken. Das braune und das grüne Steckenpferd, mit dem sie Ausritte in die weit entlegenen Steppenlandschaften des Gartens unternommen und die tollsten Abenteuer erlebt hatten.

Auch die Actionfiguren lagen noch da. Immer wieder fochten sie mit ihnen den ewigen Kampf zwischen Gut und Böse aus. Sie zeigten unverkennbare Spuren.

Und Fotos. Eine unglaubliche Anzahl an Fotos. Immer wieder tauchte auf ihnen ihr Vater Gerhard auf.

Er starb, als Friedrich, der Jüngere der beiden, etwas mehr als ein Jahr alt war.

Dieser blickte zu seinem großen Bruder hinüber. »Kannst du dich an ihn erinnern?«

Benjamin legte den Kopf schief und schien einen Punkt in der Vergangenheit fixieren zu wollen.

»Ich bin mir nicht sicher. Da gibt es immer wieder Erinnerungsfetzen. Eigentlich nur ein paar Bilder, die ich im Kopf habe. Möglich, dass ich sie mir nur einbilde. Das ist schließlich schon über 40 Jahre her.«

»Ich hätte ihn gerne kennengelernt. Schon komisch. Ich fühle mich nicht alt, aber wenn ich daran denke, dass er nur 32 Jahre alt wurde, dann bin ich es für einen Moment.«

Benjamin packte die Fotografien zurück in die Schuhschachtel, aus der er sie kurz zuvor gezogen hatte, und blickte in eine weitere.

»Ja, aber ich weiß nicht, ob Mama uns da etwas vorgemacht hat. Sicher war das nur ein ideales Bild, das sie von ihm hatte. Er war alt. Sieh nur.«

Er hielt Friedrich ein Foto hin, das ihre Mutter in den Armen eines Mannes zeigte. Dieser sah deutlich älter als 70 Jahre aus.

»Ist das Opa? Komisch. Ich dachte, dass ihr Verhältnis eher unterkühlt war. War wohl ein glücklicher Schnappschuss.«

Benjamin sah auf die Rückseite der körnigen Aufnahme.

»Hier steht: 9. September 1980. Da war Opa doch schon gestorben.«

»Papa litt doch laut Mama an einer Art von Progerie. Du weißt schon. Schnelleres Altern oder so. Fotos, auf denen er alt aussieht, hat sie uns nie gezeigt. Vielleicht ist das eines davon. Oder es ist einfach falsch beschriftet. In dem ganzen Chaos hier soll sich mal einer auskennen.«

»Ja, jeder Winkel in diesem Haus ist mit irgendwelchem Trödel zugestellt. Ich weiß gar nicht, wann Vater das alles ansammeln konnte in seinem kurzen Leben.«

* * *

Die Wochen zogen ins Land. Benjamin und Friedrich entrümpelten. Möbel, Kleidung, Hunderte Zeitschriften. Alles landete im großen Baucontainer, der in der Einfahrt stand. Sie gingen sorgfältig und mit Bedacht vor, wollten nichts übersehen.

Ihre Mutter hatte nie viele Worte über ihren Vater verloren, ihnen aber stets versichert, dass er sie aus tiefstem Herzen geliebt habe und die kurze Zeit intensiv ausgekostet, die ihnen zusammen vergönnt war. Seine Arbeit hielt ihn stets beschäftigt. Trotzdem fand er immer einen Weg, für sie da zu sein. Es gab ihm Kraft, um der Krankheit entgegenzutreten. Letztendlich war der körperliche Verfall jedoch nicht mehr aufzuhalten. Seine fortschreitende Krankheit machte es immer schwieriger, sich um die Familie zu kümmern. Eines Tages sei ihr Vater zur Arbeit gegangen und nicht wieder nach Hause gekommen. Jeder Versuch, ihn zu finden, blieb erfolglos. Nie hatte das Bild von jemandem, der sich buchstäblich in Luft auflöst, besser gepasst als bei ihrem Vater. Die Polizei wusste keinen Rat, und so wurde Gerhard Nienmeyer schließlich für tot erklärt.

Den Brüdern blieben nur ein paar blasse Erinnerungen, die dann und wann aus den Nebeln der Vergangenheit aufstiegen, sich mit Fotografien und alten Super-8-Filmaufnahmen vermischten. Ein Gespenst, das immer wieder seine Form änderte. Würde irgendetwas aus diesen unzähligen Kisten ihrem Vater mehr Form geben? Würde es ihnen gelingen, Fleisch an seine dünnen Knochen zu bringen und ihn zu einem greifbaren Wesen zu machen? Und gab es vielleicht sogar eine Erklärung dafür, dass ihre Mutter so seltsam vage geblieben war, jedes Mal, wenn sie auf ihren Mann angesprochen wurde?

* * *

Aus den Wochen wurden Monate. Friedrich kam immer seltener zu den Entrümpelungswochenenden. Er wollte sich lieber dem Hier und Jetzt widmen, als dem Phantom ihres Vaters hinterherzujagen. Schließlich erklärte er die Sache für beendet. Er wolle Benjamin aber nicht davon abhalten, weiterzumachen. Er sehe ja, wie wichtig ihm die Angelegenheit noch immer sei.

Doch Benjamin verzweifelte zunehmend an seinem Vorhaben. Das Haus war zwar mittlerweile nahezu ausgeräumt, aber es war ihm nicht gelungen, etwas zu finden, was seine Neugierde befriedigt hätte.

Nach mehr als zwei Jahren meldete sich auch sein Bruder wieder bei ihm. Mit seiner neu gegründeten Familie wollte er nach Neuseeland auswandern und brauchte Startkapital. Erschwerend kam hinzu, dass ein Gericht ihn zu Unterhaltszahlungen an seine Ex-Ehefrau verurteilt hatte. Entweder könnten sie das Haus verkaufen und das Geld teilen oder Benjamin solle ihm seine Hälfte des Erbes auszahlen. Das überstieg jedoch dessen finanzielle Mittel.

So beschloss Benjamin, dass es nun auch für ihn an der Zeit sei, einen Schlussstrich zu ziehen. Er musste sich eingestehen, dass er sich in der Suche nach seinem Vater verrannt hatte. Ihm ging es gar nicht mehr um das Finden neuer Erkenntnisse. Die Jagd nach Informationen hatte ihn angetrieben. Und die Tatsache, dass ihn weder sein Beruf noch sein Privatleben ausfüllten. Vielleicht war es ganz gut, dass ihm sein Bruder jetzt die Pistole auf die Brust setzte. Sein Leben driftete seit dem Tod seiner Mutter immer mehr an ihm vorbei. Nun würde er die Zügel wieder in die Hand nehmen und eine neue Richtung einschlagen.

* * *

Also holte er die alten Unterlagen heraus und machte eine Bestandsaufnahme. Er sah sich auch die Grundrisspläne wieder und wieder durch. Komisch, wie einem die eigenen Augen einen Streich spielen konnten. Der Keller wirkte gar nicht so groß wie das Erdgeschoss. Auf den Plänen war er es aber.

Die Sache ließ ihm keine Ruhe. Er musste dem nachgehen, sonst würde er noch in Jahren davon träumen.

Mit einem Zollstock bewaffnet hastete er die Kellertreppe hinab. Eine Stunde akribischen Messens später hatte er Gewissheit. Der etwa zehn Quadratmeter große Bereich auf der Nordseite des Kellers existierte nur auf dem Plan. Die verputzte Wand, vor der Benjamin jetzt stand, sollte sich eigentlich weitere eineinhalb Meter zurückversetzt finden. Seltsam.

Ein Verdacht regte sich in ihm. Er holte einen Hammer aus seiner Werkzeugkiste und klopfte vorsichtig an die Wand, die dort nicht stehen sollte. Dann wiederholte er dieses Vorgehen an der Ostwand. Erneut bearbeitete er die Nordwand, und nun war er sicher.

Er rannte ins Erdgeschoss und rief seinen Bruder an.

»Friedrich, komm sofort nach Ottobrunn! Ich hab's doch noch gefunden. Komm schnell und bring einen Vorschlaghammer mit!«

Er wartete nicht auf eine Antwort, sondern legte gleich wieder auf. Seine Hände zitterten. Das musste es sein. Er konnte sich nicht irren.

Als sein Bruder eintraf, wollte dieser ihm erst nicht richtig zuhören, aber Benjamin zeigte ihm die Pläne, führte ihn in den Keller und erklärte noch einmal alles. Da dämmerte Friedrich, dass sein Bruder hier wahrscheinlich wirklich auf etwas Bedeutendes gestoßen war.

»Du meinst also, dass sich hinter dieser Wand noch ein Raum befindet? Eine Art Geheimzimmer?«

»Absolut. Ich bin felsenfest davon überzeugt, dass dort ein Hohlraum ist.«

»Und was denkst du, was da drin ist? Glaubst du, dass es etwas mit Vaters Verschwinden zu tun hat?«

»Ich weiß es nicht. Ich weiß nur, dass wir nachsehen müssen. Vater ist damals spurlos verschwunden. Mehr wissen wir nicht. Aber so gebrechlich, wie er war, kann er diese Wand nicht selbst gebaut haben.«

Friedrich sah ihn direkt an. »Das hieße ja, dass Mutter …«

Benjamin griff nach dem Vorschlaghammer, den Friedrich mitgebracht hatte. »Spekulieren bringt uns nicht weiter. Ich werde diese Wand jetzt einreißen. Dann wissen wir es. Wenn du mich davon abhalten willst, dann tu es jetzt.«

Friedrich schüttelte den Kopf und trat einen Schritt zurück. »Nur zu. Mit diesen Gedanken in meinem Kopf kann ich nicht gehen. Reiß sie ein.«

Dies gestaltete sich wesentlich schwieriger, als er zunächst angenommen hatte. In Filmen sah das immer so einfach aus. Nach etlichen Versuchen und mit Friedrichs Hilfe gelang es Benjamin nach über einer Stunde, ein Loch in die Wand zu schlagen, das groß genug war, dass ein erwachsener Mann hindurchpasste.

Wenig später standen sie im Inneren der Geheimkammer. Ihre Handylampen tauchten den kleinen Raum in trübes kaltes Licht. Am hinteren Ende befand sich eine Tür, vor der ein kleiner hölzerner Schreibtisch mit passendem Stuhl stand. Bis auf diese Gegenstände war der Raum leer.

Sie traten an den Tisch. Darauf lag ein dicker Briefumschlag und etwas, das an eine Kreuzung aus Computertablet und Schiefertafel erinnerte. Benjamin hob den Brief auf. *An den glücklichen Finder* stand in geschwungenen Buchstaben darauf. Er öffnete den Umschlag und entfaltete das Papier.

»Was steht drin?«

Benjamin las laut vor.

* * *

Lieber glücklicher Finder,
    nun hältst du also den Schlüssel zu unendlichen Möglichkeiten in deinen Händen. Nein. Nicht dieses Stück Papier. Es ist das Gerät hier auf dem Tisch, das ich meine. Es handelt sich – Tusch! – um eine Zeitmaschine.

.

.

.

.

.

Ah, du liest also noch weiter, hast meinen Brief nicht als Spinnerei abgetan und achtlos weggeworfen. Gut. Es ist nämlich keine Spinnerei. Reisen durch die Zeit sind möglich und mit diesem Zeittablet auch praktisch durchführbar. Natürlich gibt es Tücken und Fallstricke, die es zu vermeiden gilt. Dazu später mehr.

Ich möchte mich zunächst einmal vorstellen. Mein Name lautet Gerhard Nienmeyer, und ich bin der letzte Benutzer der Zeitmaschine, vermutlich.

Benjamin blickte zu seinem Bruder hinüber. »Ist das ein Scherz? Vater soll ein Zeitreisender gewesen sein?«

Friedrich winkte ab. »Lies weiter vor.«

..., vermutlich. Es spielt auch keine große Rolle. Ich möchte dich jedenfalls warnen. Das, was uns die Popkultur lehrt, stimmt tatsächlich. Zeitreisen sind kompliziert, gefährlich und letzten Endes läuft viel schief. Mein Rat lautet: Lass es sein!

Wieso ich dir dann sage, dass du eine Zeitmaschine in Händen hältst? Nun, ich habe es mehrfach versucht, aber ich kann sie nicht zerstören. Nichts scheint ihr etwas anhaben zu können. Ich wollte sie zertrümmern, zersägen, verbrennen, einschmelzen, zerreißen und habe mir noch viele andere kreative Wege einfallen lassen, mich dieser Teufelsmaschine zu entledigen. Das Ding besitzt außerdem eine Art Bumerangfunktion. Ich habe auch versucht, es im Meer zu versenken, aber es kann sich nur etwa fünf Meter von mir wegbewegen, dann kehrt es zu mir zurück. Wenn du dich jetzt fragst, wo ich jetzt bin, wenn ich mich nicht weit von der Maschine entfernen kann, so habe ich wieder einen Rat für dich. Schau besser nicht hinter die Tür hinter diesem Schreibtisch. Wenn du nicht allzu hart gesotten bist, wird dich der Anblick sicherlich stark verunsichern.

Und noch mal mein eindringlicher Rat. Lass die Maschine hier liegen und geh! Versiegele den Raum und vergiss die Sache. Ich weiß, dass du jetzt vermutlich darüber nachdenkst, die Vergangenheit zu deinem Vorteil zu verändern. Glaub mir. Das ist Blödsinn. Ich habe es mehrfach ausprobiert, und es war wirkungslos. Alles, was ich getan habe, hat nur die Ereignisse beeinflusst, aber nie das Ergebnis. Ich wollte eine gute Basis für meine Familie schaffen, habe Geld angelegt, Aktienhandel unter Kenntnis des Kursverlaufs betrieben, Lotto gespielt, sogar gestohlen und betrogen. Bei meiner Rückkehr war stets alles so, wie ich es verlassen hatte. Das Einzige, was sich änderte, das war ich. Ich wurde älter, während die Menschen um mich herum jung blieben. Als ich es bemerkte, war es schon zu spät. Man kann nur innerhalb seiner eigenen Lebenszeit durch die Zeit reisen, und die ist nur allzu endlich. Jede Stunde, die ich in der Vergangenheit verbrachte, kostete mich eine Stunde der Zukunft, die ich normalerweise erlebt hätte. Ich war bereits ein alter Mann, als ich meinen Fehler erkannte und sah, dass ich nur noch zwei Jahre in die Zukunft reisen konnte. An dem Punkt entschied ich mich, die verbliebene Zeit mit meiner Familie zu verbringen. Den echten Menschen und nicht den wie Trugbilder anmutenden Phantomen in der Vergangenheit. So viel Zeit wie möglich mit meiner Frau Maria und meinen Söhnen Friedrich und Benjamin in der Gegenwart leben, der einzigen Zeit, die wirklich zählt. Ich liebe euch, und es tut mir so leid, dass ich erst so spät erkannt habe, dass das Leben jetzt stattfindet und dass uns alles, was war, zu dem macht, was wir jetzt sind. Gefällt uns das nicht, dann sollten wir auch jetzt etwas daran ändern. Ich wünsche dir dabei viel Erfolg.

Und bitte hör auf meinen Rat. Ich habe für diese Erkenntnis wahrlich bitter bezahlt. Mach du nicht denselben Fehler.

Mit freundlichen Grüßen

Gerhard Nienmeyer
Zeitreisender, Ehemann, Vater

P.S.: Ich habe keine Ahnung, woher die Maschine stammt, und kann mich auch nicht erinnern, sie bewusst erworben zu haben.

* * *

»Verdammt, Friedrich, in was sind wir da hineingeraten?«

Benjamin faltete den Brief zusammen. Dabei fiel ihm auf, dass sein Bruder nicht mehr neben ihm stand. Sein Blick huschte zum Schreibtisch. Wo war das Tablet? Da hörte er hinter sich ein scharrendes Geräusch. Er sah gerade noch, wie Friedrich durch das Loch in der Wand verschwand.

»Friedrich, warte. Wo willst du denn hin?«

Hastig stolperte er durch die Öffnung zurück in den Keller. Er sah Friedrich einige Schritte entfernt stehen. In der einen Hand hielt er die Zeitmaschine. In der anderen ein kleines Heft, in das er angestrengt blickte. Sein Kopf war gerötet, und Schweiß stand ihm auf der Stirn.

»Was machst du da?«

Friedrich blätterte hastig in dem Heft und berührte immer wieder einzelne Bereiche auf dem Tablet. Es erwachte zum Leben, gab Pieptöne und Farbsignale von sich.

»Stör mich jetzt nicht, großer Bruder. Ich muss mich hier erst registrieren.«

»Was? Hast du die Warnungen nicht gehört, die Vater uns hinterlassen hat? Du kannst nichts an der Vergangenheit ändern. Du weißt doch gar nicht, was du da tust.«

Er hielt das Heft hoch. »Doch. Es gibt ein Handbuch.«

»Du hast ein Handbuch für die Zeitmaschine? Was erzählst du da für einen Blödsinn?«

»Kein Blödsinn. Hab ich letztes Jahr beim Ausmisten der Kisten gefunden. Dachte zuerst, dass das so ein Merchandising-Schmarrn zu irgendeinem Film ist, aber dann sind mir die handschriftlichen Notizen aufgefallen. Das sah alles so echt aus, aber ich konnte mir keinen Reim drauf machen. Es hat mich aber auch nicht losgelassen.«

»Und was hast du jetzt damit vor? Sei doch vernünftig und lass die Finger davon.«

Friedrich sah ihn aus roten Augen an. »Nein. Das hier funktioniert, und ich werde ein paar Dinge ändern.«

Benjamin kam näher. »Das kannst du nicht. Vater hat es in seinem Brief doch erklärt. Du kannst die Vergangenheit nicht wirklich ändern. Das Ergebnis in der Gegenwart bleibt dasselbe.«

Friedrich lachte auf. »Ja, der alte Mann hat das aber nicht richtig durchdacht. Die Vergangenheit ist geschrieben, und es läuft immer auf diesen einen Punkt in der Gegenwart hinaus, den wir Realität nennen. Die Zukunft aber ist noch ungeschrieben. Sie ist ein großes weißes Blatt, das gierig darauf wartet, gefüllt zu werden. Ich werde die Zukunft neu gestalten, weil sie nicht auf die Gegenwart zuläuft, sondern aus ihr heraus entsteht. Änderungen, die ich dort vornehme werden erst geschehen und sind dann unverrückbar fixiert.«

»Das kannst du doch gar nicht wissen. Woher weißt du, dass das nicht alles schiefgeht?«

»Oh, das riskiere ich. Bei mir geht sowieso alles schief. Da kann es nicht wirklich schlimmer werden.«

Benjamin war jetzt auf weniger als einen Meter an Friedrich herangekommen. »Du hast doch erst wieder eine Familie gegründet und bist glücklich. Du könntest großen Schaden anrichten, wenn du planlos irgendetwas änderst.«

»Das mit der Familie ist gelogen. Es fühlt sich besser an, wenn man nach außen den schönen Schein wahren kann. Ich brauche das Geld aus dem Hausverkauf tatsächlich, um meine Ex-Frau auszubezahlen, aber dann kam dein Anruf, und ich hatte die Hoffnung, dass du vielleicht doch die Zeitmaschine gefunden hast. Danke, großer Bruder. Du hast was gut bei mir. Im Gegensatz zu meiner Ex-Frau. Das Problem werde ich jetzt endgültig lösen.«

»Was soll das heißen?«

Friedrich steckte das Handbuch weg und zog dafür eine Pistole hervor. »Endgültig halt. Ist dir das jetzt klarer?«

»Das kannst du nicht machen. Das ist Mord. Das ist keine Lösung. Du wanderst lebenslänglich ein.«

»Nicht, wenn ich beweisen kann, dass ich gar nicht bei ihr gewesen sein kann, als ich sie umgebracht habe. In einem Monat haben wir mal wieder einen Gerichtstermin wegen Ansprüchen, die sie gegen mich geltend machen will. Diese Blutsaugerin. Ich werde im Vorfeld ein langes Anwaltsgespräch führen. Zu dieser Zeit werde ich reisen, zeitgleich zum Termin meine Ex töten und dann wieder hierher zurückkehren. Mein Anwalt kann bezeugen, dass ich die ganze Tatzeit über bei ihm war. Ich bin aus dem Schneider. Das perfekte Verbrechen.«

»Das kann ich nicht zulassen. Gib mir die Waffe, bitte.«

Friedrich lachte. »Nein. Du wirst mich nicht aufhalten. Oder soll ich dich auch töten, großer Bruder? Ich werde mich von meinen Altlasten befreien, und wer mich davon abhalten will, der ist einfach nur im Weg.«

Bevor er es sich versah, hatte Benjamin einen Schlag gegen Friedrichs Hand ausgeführt. Der ließ die Waffe fallen. Ein Schuss löste sich. Heißer Schmerz durchflutete Benjamins Bein, und er taumelte Friedrich entgegen. Dabei griff er nach dem Tablet, bekam es nicht zu fassen, sondern wischte unkontrolliert darauf herum. In der Mitte entstand ein Schriftzug Donnerstag, 15. Mai 2025, 10:34 Uhr.

»Du hast es gestartet! Wie kann ich es stoppen? Das Handbuch!«, hörte er seinen Bruder rufen. Im Fallen blickte er noch einmal in sein Gesicht und sah dann, wie Friedrich sich in einem weißgelben Blitz auflöste. Eine Sekunde später lag er allein auf dem Boden des Kellers. Wo sein Bruder eben noch gewesen war, befand sich nur noch Luft und Staub. Er spürte, dass etwas Warmes sein Bein hinunterfloss. Der Schuss. Benjamin zog sein Handy aus der Tasche und wählte den Notruf. Dann umfing ihn die Dunkelheit.

* * *

Einige Monate später befand Benjamin sich wieder im Keller seines Elternhauses. Er hatte es bestimmt hundertmal ausgemessen und war sich absolut sicher. Er umkreiste einen Bereich in der Mitte des Hobbyraumes im Keller. Er sah den Architekten neben sich an.

»Ich habe es mir genau überlegt. An dieser Stelle benötige ich den Raum eigentlich gar nicht.«

Der Architekt zog eine Augenbraue hoch. »Und? Was möchten Sie stattdessen dort haben?«

»Eine Säule. Eine massive Säule. Drei Meter im Durchmesser sollten ausreichen.«

»Sind Sie sicher? Ich meine ... Das nimmt dem Raum eine Menge Potenzial. Sie verschenken eine ganze Menge Platz. Bedenken Sie doch ...«

»Ist es möglich?«

»Wie?«

»Sie haben mich schon verstanden. Wie ich den Raum nutzen werde, ist nun wirklich nicht Ihr Problem. Ich brauche an dieser Stelle eine massive Betonsäule. Vom Boden bis zur Decke. Keine Hohlbauweise. Kein anderes Material. Ich will von Ihnen wissen, ob das Fundament dieser Belastung standhält und ob Sie das in den nächsten sechs Monaten realisieren können. Also. Ist es möglich?«

Der Architekt zuckte mit den Schultern. »Ja, sicher. Ist ja Ihr Haus. In einem halben Jahr steht die Säule. Sie können sich auf mich verlassen.«

Benjamin lächelte. »Gut.«

Die beiden Männer besiegelten das Geschäft mit einem Handschlag. »Ich schicke Ihnen dann gleich morgen früh den Kostenvoranschlag, wenn ich wieder im Büro bin.«

Benjamin begleitete den Architekten zur Tür.

Als der Wagen die Einfahrt verließ, ging er ins Haus zurück, goss sich ein Glas Rotwein ein und stieg in den Keller. Stumm blickte er auf die Stelle, die er dem Architekten beschrieben hatte. Er konnte noch immer Friedrichs verdutzten Gesichtsausdruck sehen, als dieser erkannte, dass ihn die Zeitmaschine ein Jahr in die Zukunft katapultieren würde. Genau hier hatte er gestanden und war von der Zeitkugel erfasst worden. Und genau hier würde er in acht Monaten wieder auftauchen. Am Donnerstag, den 15. Mai 2025 um 10:34 Uhr.

Benjamin hob das Glas. Eine Träne wollte sich aus seinem Augenwinkel stehlen, aber er konnte sie gerade noch wegblinzeln. »Tut mir leid, Bruder. Es tut mir wirklich leid.«

Dann leerte er das Glas in einem Zug, verließ den Keller und löschte das Licht.

Jon Barnis

Ipson auf dem Hochhaus

»Was mache ich hier oben?«, fragt der riesige Kerl und sieht auf mich herab.

Da er selbst im Sitzen so hoch ist wie ein aufrecht stehender Vierzigtonner, muss ich meine Stimme bis fast an die Schmerzgrenze erheben, damit er mich auch versteht.

»Schau, genau das wollte ich dich auch gerade fragen. Was machst du hier oben und wer bist du überhaupt?«

»Man nennt mich Ipson, und dich?«

»Gabriela. Aber Gabi reicht auch. Du weißt schon, dass du hier ganz schön für Aufsehen sorgst?«

Er blickt hinunter, an seinen gigantischen Schuhen vorbei auf die dreispurige Straße am Fuße des Uptown-Hochhauses. Dort hat sich bereits eine Menschentraube gebildet, durchsetzt von blau-weiß aufzuckenden Lichtern, die immer größer und lauter wird.

»War nicht meine Absicht. Weißt du, Frau Gabi, grad noch bin ich auf den alten Pfirsichbaum geklettert. Die Ziegen grasten friedlich auf der Wiese unter mir, und die Sonne brannte mir fast ein Loch in den Hut. Leider habe ich einen morschen Ast erwischt, bin vom Baum gefallen, und dann wurde es dunkel. Ja, und dann bin ich hier aufgewacht. Mitten auf diesem ...«

»*Hochhaus*«, höre ich eine leise Stimme sagen. Woher kam das?

»Hochhaus? Was ein seltsames Wort. Aber es passt, dieses Haus ist viel höher als die in meiner Heimat. Sag, Frau Gabi. Wo bin ich hier und wie komme ich hierher?«

Er sieht so traurig, so hilflos und treuselig drein, dass ich gar nicht anders kann, als ihm jede Frage zu beantworten. Auch wenn

Polizeihauptmeister Birnbaum vorher extra betont hatte: »Gib um Himmels willen keine Informationen preis! Vertrau auf meine Erfahrung, Selbstmördern erklärt man so wenig wie möglich. Nicht in Gespräche verwickeln lassen. Schau einfach nur, dass du ihn heil da runter bekommst, bevor das Uptown die Grätsche macht.«

Selbstmörder. Erfahrung. Welch ein Unsinn. Nicht jeder, der auf einem Hochhausdach sitzt, muss gleich die Absicht haben, sich in den Tod zu stürzen. Birnbaum hat eindeutig zu viele schlechte Filme gesehen.

»Du bist in München«, erkläre ich und mache eine ausladende Bewegung, um zu verdeutlichen, dass alles ringsherum dazugehört.

Er sieht mich weiter fragend an, während er seine gut geschneiderte, aber einfache Jacke zurechtrückt und beiläufig einen prüfenden Blick in seine Brusttasche wirft.

»Bundesrepublik Deutschland.« Auch das scheint ihm nichts zu sagen. »Europa? Erde? Nein?«

»*Das ist nicht gut*«, höre ich die leise Stimme wieder, kann aber nicht ausmachen, wo sie herkommt.

»Ich hab's nicht so mit Ortsnamen«, erklärt Ipson. »Bin froh, wenn ich weiß, dass mein Dorf Muhn heißt und die Ziegenwiese zur Hälfte zu Dau gehört. Bis genau zum Pfirsichbaum. München, sagst du? Scheint ein riesiges Dorf zu sein.«

»Kannst du glauben, wirklich riesig, aber wir nennen es Stadt. Das erklärt aber immer noch nicht, wie du hier hergekommen bist.«

»*Da hat sie recht.*«

»Ich sag doch, einfach aufgewacht. An mehr kann ich mich nicht erinnern. Frau Gabi, wie komme ich wieder zurück? Dieses München mag ich nicht.«

Das Gefühl kommt mir bekannt vor. Ich greife mir mein Funkgerät und nehme Kontakt zu meinem Kollegen auf.

»Birni, sag mal, hat irgendwer gesehen, wie er hier hochgekommen ist?«

»Woher soll ich das wissen?«, schnauzt er mich in der üblich freundlichen Art an, die für Kollegen mit langer Dienstzeit normal zu sein scheint.

»Passanten befragen?«, schlage ich vor.

»Seit wann mache ich denn so was?«

»Dann lass sie befragen, es stehen ja genug Streifen da unten herum. Wird schon jemand Zeit haben.«

Das Funkgerät knackt, bevor er »Gut, ich melde mich« hinzufügen kann. Eine Floskel, die im Normalfall von meinem Kollegen kommen sollte, doch Birnbaum hält es wie üblich nicht für angebracht, mehr Worte zu verschwenden als unbedingt notwendig.

»Der war aber nicht sehr freundlich«, bemerkt Ipson und scheint darüber sichtlich betroffen zu sein.

»Ach, ist er nie. Man gewöhnt sich daran, und glaub mir, heut hat er echt noch einen guten Tag.«

»Das mit den freundlich hab ich gehört!«, scheppert es aus dem Funkgerät, und gleich darauf ist die Verbindung wieder unterbrochen.

»Das ist wirklich sein guter Tag? Wie sehen seine schlechten aus?«
Wieder springt die Funke an.

»Sag ihm, an einem schlechten hätte ich ihn von der Bundeswehr schon längst runterschießen lassen!«

»Das kannst du ihm schön selbst sagen«, erwiderte ich, im Wissen, dass Birni viel zu feige wäre, an meiner Stelle zu stehen. »Hör mal, wir brauchen hier oben ein paar Antworten. Noch besser, Augenzeugen seines Erscheinens. Irgendwas, das erklärt, wo Ipson plötzlich herkam. Kannst du das liefern?«

»Klar.« Ende des Gesprächs.

»*Ich weiß nicht, ob wir diesen Menschen vertrauen können*«, murmelt die seltsame Stimme so leise, dass ich es kaum verstehen kann.

Ipson mustert mich kurz, beugt sich zu mir herunter und sagt: »Ich vertraue dir, Frau Gabi. Vertrauen ist wichtig, wenn man gerade vom Pfirsichbaum gefallen ist und plötzlich auf einem Hochhaus aufwacht.«

»Und überall sonst kann etwas mehr Vertrauen auch nicht schaden. Aber, Ipson, wer spricht da ständig mit dir?«, will ich wissen, denn langsam wird mir diese seltsame Stimme unheimlich.

»Ach, das ist nur Dorian.«

»*Nein! Ipson!*«

Er greift in seine Brusttasche und holt einen Stein heraus, den er mit besorgten Blicken mustert. Vollkommen weiß, oval und so groß wie ein Aktenkoffer. Ein Handschmeichler, hätte meine Mutter gesagt, die solche Dinge geliebt hat. An einer Stelle hat er einen erkennbaren Riss, durch den funkelndes Licht nach außen dringt.

»Dorian begleitet mich schon mein ganzes Leben lang und hilft mir normalerweise mit meist wertvollen Ratschlägen. Er ist beim Sturz vom Baum wohl etwas kaputtgegangen, aber zum Glück nur die Hülle. Darf ich vorstellen, Dorian, Frau Gabi, Frau Gabi, Dorian.«

»*Wie meinst du das, meist wertvoll?*«, fragt der Stein, und ich kann in seinen Worten eine deutliche Portion Enttäuschung mitschwingen hören.

Die Menschenmenge unter uns ist derweil auf gut tausend Schaulustige angeschwollen, und sekündlich kommen mehr. Auch weil viele Autofahrer einfach auf der mehrspurigen Straße stoppen, aussteigen und nach oben gaffen. Die StVO sieht Riesen auf Hochhäusern nicht vor, daher gibt es keine Regel, die in dem Fall spontanes Parken auf der Straße verbieten würde. Aber irgendwie erscheint mir das Treiben dort unten nur nebensächlich, gar unwichtig, im Vergleich zu Ipson und seinem seltsamen Freund hier oben.

»Ein sprechender Stein?«

»Jeder bei uns hat so was. Ist ganz normal. Bekommen wir von den Alten bei der Geburt zugeteilt.«

»*Es ist nicht schlau, mich gleich jedem zu zeigen, Ipson. Du weißt nicht, was diese Menschen mit dir vorhaben.*«

Er schließt vorsichtig die Hand um Dorian und begutachtet dabei besorgt den Riss.

»Sind die alle meinetwegen hier?«, will Ipson wissen. »Ich bin doch nur ein Ziegenhirte.«

»Na, meinetwegen sicher nicht. Es ist nicht alltäglich, dass in München ein Riese auf einem Hochhaus sitzt.«

Dem höchsten Hochhaus der Stadt sogar, weit höher als die Marienkirche, die im Inneren Ring laut Gesetz das höchste aller Gebäude sein soll.

»Ein Riese?«, fragt er und sieht erneut nach unten. Offenbar kam ihn der Gedanke noch gar nicht.

»Du bist locker – na, zwölf Meter dürften es wohl sein. Das ist nicht alltäglich. Nun müssen wir nur noch herausfinden, warum du hier gelandet bist. Und vor allem, wie wir dich hier runterbekommen, ohne mehr Schaden als nötig anzurichten.«

Wie aufs Stichwort knirscht es unter uns in der Etage. Vermutlich hat das erste Fenster einen Sprung bekommen, und es wird sicher nicht das letzte bleiben.

»Aber – ich bin doch kein Riese! Grad mal elfeinhalb Meter. Alle meine Geschwister sind größer als ich, selbst Henriette.«

»Dort, wo du herkommst, vielleicht, aber hier bist du gigantisch. So gigantisch, dass du eine ansehnliche Schneise der Verwüstung hinterlassen würdest, wenn wir das nicht sorgsam planen. Also nicht, dass es dramatisch wäre. Solange du einen Bogen um mein ohnehin fast unerschwingliches Apartment machst. Aber meine Aufgabe ist es, dich zum Abzug zu bewegen, und da brauchen wir jetzt etwas Fingerspitzengefühl.«

Währenddessen schweift mein Blick über München, was von hier oben fast unausweichlich passiert. Was hat mich nur in diese Stadt getrieben? Gut, die Liebe, aber dieser Rausch war schnell verflogen, und seitdem suche ich zwanghaft nach Argumenten, um mir selbst weiß zu machen, hier wäre der richtige Platz zum Leben. Ist er nicht, zumindest nicht für mich. Nach zwölf Jahren im ach so schönen

Minga muss ich mir eingestehen, dass *Stadtmensch* nie in einer Vita von mir geschrieben stehen wird.

»Kann ich nicht einfach springen? So tief ist es nicht.«

»Himmel nein! Das wäre, als würde man einen Güterzug auf den Ring krachen lassen. Du überschätzt die Stabilität dieser Stadt, hier hält alles nur irgendwie mit viel Spannung zusammen. Wenn du springst, könnte das ungeahnte Folgen haben.«

»*Sie hat recht*«, höre ich die gedämpfte Stimme aus dem Inneren von Ipsons Hand. »*Springen wäre eine schlechte Idee. Denk an das letzte Mal.*«

»Aber ich bin ja schließlich irgendwie hochgekommen. Auf die gleiche Art müsste ich doch wieder runterkommen können, oder, Frau Gabi?«

»Gutes Stichwort«, sage ich und knipse die Funke wieder an. »Birni, hast du was?«

»Faustdicke Hämorriden und mindestens drei Kaffee zu wenig für so einen Scheißtag.«

»Das wollte ich nicht wissen. Wie geht es mit der Passantenbefragung voran?«

»Alles Anfänger. Glaubst, da bekommst du ein vernünftiges Wort heraus? Die glotzen alle nur hoch zu euch und stammeln unverständliches Zeug. Ach halt, da kommt grad ein Streifenhörnchen angeflitzt, mit 'nem Zettel in der Hand. Was sagst? Ja, ja, ich verstehe. Sicher? Aber er muss doch ... nein? Und das soll ich der Anfängerin da oben sagen? Mehr hast du nicht? Ja, danke, nun zisch wieder ab. Gabi, hörst mich?«

»Die ganze Zeit.«

»Oh, ja also. Eine Tippse vom Betriebshof drüben hat sich gemeldet. Sie hat wohl gesehen, dass der Riese von einem Moment auf den anderen auf dem Dach erschienen ist. Nicht raufgeklettert, einfach aufgeploppt und zack, da lag er. Ist das nicht seltsam? Er wird doch nicht vom Himmel gefallen sein.«

Manchmal frage ich mich, wie Birnbaum auf der Karriereleiter so hochklettern konnte. Offenbar freihändig, ohne Intellekt und Rücksicht auf Verluste.

»Unsinn, dann wäre vom Uptown nicht viel übrig geblieben. Aber danke, das hilft uns zwar kaum weiter, aber zumindest können wir jetzt ausschließen, dass er absichtlich hier ist.«

Der Riese blickt mich die ganze Zeit unschuldig an und verschlingt jedes meiner Worte. Als wolle er irgendeinen Hinweis herauslesen, wie es ihn hierher verschlagen hat. Ein weiteres, lauteres Knacken unter seinem viel zu breiten Hintern lässt vermuten, dass dieses Hochhaus nicht als Riesenrastplatz konzipiert wurde.

Die Funke erwacht erneut zum Leben. »Übrigens, du solltest einen Zahn zulegen. Die Leute sind hier unten kaum noch in Schach zu halten. Vor allem die verdammte Presse!«

Fremdschamgetränkte Erinnerungen an Birnis erste und letzte Pressekonferenz vor drei Jahren werden wach. Bilder, die ich gern verdrängen würde. Allein um das zu verhindern, sollte ich Ipson schnell vom Dach bekommen.

»Ich gebe mein Bestes. Gabi Ende.« Dann richte ich mich wieder an den Großen, der weiter arglos darauf wartet, zurück in seine Heimat zu kommen. »Ipson, du sagtest, jeder von euch hat so ein Dorian?«

»*Einen Dorian!*«, beschwert sich der Stein. »*Ich bin kein Ding.*«

»Na ja, wenn man es genau nimmt, ist ein sprechender Stein schon ein Ding«, korrigiert der Riese.

»*Genauso wie ein sprechender Fleischsack!*«

Gutes Argument, wenn auch nicht gerade höflich vorgebracht. Beide scheinen intelligent zu sein und unterscheiden sich lediglich in der Art ihrer Hülle. Aber auf eine solche Diskussion will ich mich jetzt und hier nicht einlassen.

»Und ihr seid zusammen vom Baum gefallen?«

Ein weiteres, dumpfes Knacken unter seinem Po. Nicht gut, lange wird das Dach nicht mehr halten. Aber meine Erfahrung sagt mir, dass es sinnvoll ist, den Tathergang so detailliert wie möglich zu rekonstruieren.

»Wir sind auf den Baum geklettert, um ein paar Pfirsiche zu holen. Mein Mittagessen, weißt du? Na ja, um ehrlich zu sein, falle ich öfter vom Baum. Bin nicht der beste Kletterer. Henriette ist da viel besser drin. Aber dieses Mal bin ich recht blöd auf den Bauch gefallen und hab mich grad noch mit dem Arm abstützen können.«

Er zieht seinen linken Ärmel hoch und weist auf eine große Schramme am Ellenbogen. Er ist auf den Bauch gefallen. Also auch auf Dorian. Moment mal.

»Kann ich mir deinen Steinfreund noch mal ansehen?«

Ipson mustert mich einen Moment, befindet dann aber offenbar, es sei schon in Ordnung, und hält mir Dorian hin.

»*Das ist nicht klug, Großer! Niemand darf mich berühren! Nur die …*«

»Jetzt mal ganz ruhig«, beschwichtige ich und nehme den Stein entgegen.

Nein, es ist kein Stein. Es sei denn, in Ipsons Welt bestehen Steine aus Plastik. Sehr sanftem Plastik, etwas kühl und an einer Stelle angeknackst. Ich untersuche vorsichtig den Riss und – auverdammt!

Als ich die Augen öffne, liege ich im hohen Gras. In wirklich hohem Gras, so gigantisch, dass es mir fast bis zum Hals reicht. Neben mir liegt ein hüfthoher Pfirsich, und über mir thront der dazugehörige Baum. In der Ferne sind ein paar flache, hübsche Häuser zu erkennen, die im milden Sonnenlicht gelblich schimmern. Dazwischen ragt etwas auf, was mir seltsam bekannt vorkommt.

»*Was hast du gemacht?*«, schimpft die Stimme aus dem Plastikstein. »*Wo ist Ipson?*«

Gute Frage. Was zur Hölle geht hier vor? Das geschah, als ich den Riss im Stein untersucht habe.

»Ich war das nicht!«

Sofort greife ich meine Funke und versuche Birni zu erreichen. Aber wie zu erwarten, baut sich keine Verbindung auf. Wie reizvoll, eine Welt, in der mir der Polizeihauptmeister nicht auf die Nerven gehen kann.

»*Denkst du etwa, ich war das? Was passiert hier?*«
»Wenn ich das wüsste.«
Verzweifelt suche ich nach einer Möglichkeit, das geschehene rückgängig zu machen. Vielleicht einfach auf den Riss drücken? Es knackt verdächtig, und sofort verschwindet die Gigantenidylle. Ich stehe wieder auf dem Dach des Hochhauses.
»Wo warst du?«, fragt Ipson besorgt.
Er ist mittlerweile aufgestanden und hat wohl verzweifelt nach uns gesucht. Keine gute Idee, denn stehend verteilt sich das Gewicht noch schlechter, und ich sehe, wie unter ihm die Betondecke langsam Risse bekommt.
»Wo warst du?«, krächzt fast gleichzeitig meine Funke, und Birni beginnt zu schimpfen. »Du bist plötzlich verschwunden! Das geht doch nicht! Weißt du, was jetzt los ist? Die drehen hier unten ...«
Ich knipse das Gerät aus und betrachte den sprechenden Stein in meinen Händen. Obwohl er so groß wie ein Uralt-Laptop aus den Anfängen der digitalen Laufbahn des Reviers ist, scheint er nicht mehr als ein Schokoriegel zu wiegen. Aber es steckt modernste Technik darin. Durch den größer gewordenen Ritz kann ich so etwas wie eine Leiterplatte entdecken, aber deutlich fortschrittlicher und offenbar gelartig. In wahnsinniger Geschwindigkeit sausen darin Tausende und Abertausende winzige Blitze hin und her.
»Ipson, ich weiß, wie du wieder nach Hause kommst! Dein – Wächter? Wenn du leicht auf den Riss drückst, bringt er dich zurück ...«
»*Halthalthalt! Hier wird nicht einfach auf mir herumgedrückt! Ich bin extrem empfindlich! Du willst doch nicht, dass ich kaputtgehe? Ipson? Das würdest du nicht riskieren, richtig?*«
»Einfach nur drücken?«, versichert sich der Riese.
Auch Ipson ist mittlerweile aufgefallen, dass das Uptown ihn nicht mehr lange trägt. Er versucht sich so leicht wie möglich zu machen, indem er sich auf die Zehenspitzen stellt. Irgendwie süß. Aber natürlich nutzlos.

»Ganz sanft. Wir wollen ja nicht, dass er noch mehr kaputtgeht. Obwohl …«

»*Ipson!*«

»Joa, das lässt sich einrichten. Danke, Frau Gabi, für deine Hilfe. Ich –«

In diesem Moment bricht sein linker Fuß durch die Decke ins Penthouse des Hochhauses. Er zieht ihn vorsichtig hinaus und schaut mich schuldbewusst an.

»Ja, ja, ich werde dich auch vermissen, Großer. Nun los! Zurück in die Welt der Riesen!«

Er nimmt mir Dorian ab, schaut ihn kurz prüfend an und drückt mit so viel Vorsicht darauf, wie seine Kraft es zulässt. Ich schaue zu ihm auf, höre, wie die Funke erneut mit Birnbaums Stimme zu brüllen beginnt, und strecke den Arm aus. Unter uns bröckelt der Beton immer weiter und vermindert den Wert des Penthouse binnen Sekunden um die Hälfte. Bevor Ipson verschwindet, berühre ich sein Hosenbein und stehe Augenblicke später wieder im hohen Gras.

»Frau Gabi! Warum hast du das gemacht?«, fragt der Riese und beugt sich zu mir herunter.

»*Ipson! Warum hast du das gemacht?*«

Der sprechende Stein beschwert sich lautstark, und ich weiß auch, warum. Seine Hülle ist endgültig gebrochen, und sein Inneres liegt jetzt frei in Ipsons großer Hand.

»Ich hoffe, das kann man wieder reparieren?«, will ich wissen.

»Das ist doch jetzt nicht wichtig«, sagt der Riese, ergreift mich vorsichtig und setzt mich auf einem Ast des Pfirsichbaums in Augenhöhe ab. Dabei rutscht mir die Funke aus der Hand und zerschellt auf einem Stein am Boden. »Nun kommst du nicht wieder nach Hause!«

»Ich weiß«, bestätige ich, und mein Blick fällt wieder auf das Dorf am Ende der großen Wiese.

»Aber … dann war es Absicht?«

»*Natürlich war es Absicht!*«

Dorian ist auch ohne seine Hülle nervig, was mich irgendwie beruhigt. Zumindest scheint ihm die Aktion nicht zu sehr geschadet zu haben.

»Ich habe eine Wahl getroffen«, erkläre ich. »Zugegeben, sehr spontan, aber bisher waren die spontanen Entscheidungen immer die besten. Währt ihr so nett, mir meine neue Heimat zu zeigen?«

»*Das ist meine Aufgabe!*«, macht der sprechende Stein klar. »*Aber nur, wenn ihr mich vorher zur Werkstatt bringt. Ich fühle mich irgendwie – nackig.*«

Wenig später stehen wir im Zentrum des kleinen, sauberen Ortes und blicken auf ihr umzäuntes Heiligtum. Es ist immer noch hoch, aber von Ipsons Schulter aus wirkt es für mich weit weniger einschüchternd als früher. Auf dem Schild vor der Umzäunung ist ein Schriftzug angebracht.

DOM ZU UNSERER HEILIGEN FRAU

»*Früher nannte man ihn umgangssprachlich auch Frauenkirche*«, erklärt Dorian wie ein Stadtführer. »*Es ist das letzte Bauwerk der alten Welt, welches in Muhn noch erhalten ist.*«

Muhn. Erstaunlich, was aus dem alten Moloch geworden ist, und dass ausgerechnet die Frauenkirche als Einziges die Zeiten überdauert hat. Einen Augenblick trauere ich meinem kleinen Apartment nach, welches nun irgendwo unter der Wiese begraben ist, auf der friedlich eine Herde Ziegen grast. Früher lag es in der Nähe der Wiesn, heute darunter. Das entbehrt nicht einer gewissen Ironie. Aber ich bezweifle, dass es schwierig sein wird, hier neuen Wohnraum für mich zu finden. Wenn diese Zukunftsversion der Erde eins hat, dann sicher ganz viel Platz.

Sarah Malhus

(K)Ein alternatives Ende

»Doch, es war wirklich so«, beteuerte Nate. Er nahm einen Schluck von seinem Bier, während sein Gegenüber ungläubig mit dem Kopf schüttelte.

»Das willst du mir nicht ernsthaft weismachen. Vicky wäre nie und nimmer mit dir ausgegangen! Wieso diskutieren wir das überhaupt? Das ist bald zwanzig Jahre her.« Chris winkte dem Barkeeper zu und deutete auf ihre leeren Flaschen.

»Weil du mir deswegen immer noch fünfzig Mäuse schuldest. Ich habe sie nach einem Date gefragt, und sie hat Ja gesagt. Was kann ich dafür, dass sie kurz darauf wegzog, weil ihr Vater als Diplomat immer sofort springen musste, wenn die Regierung anrief?«

Nate schnaubte, musste aber gleich darauf grinsen. Diese Diskussion führte er seit Langem mit seinem besten Freund, wenn auch nicht mehr so oft wie früher. Mittlerweile war die Häufigkeit ihrer wöchentlichen Barabende auf einmal im Quartal geschrumpft. Ihre Jobs trieben sie immer weiter auseinander.

Einige Stunden und viele Biere später verkündete der Barkeeper die letzte Runde. Inzwischen lagen Nate und Chris sich in den Armen, sangen lauthals jeden Song mit, der aus den Boxen dröhnte und verfehlten beim Anstoßen die Flasche des jeweils anderen.

»Die Abende sin' immer viel zu schnell rum«, beschwerte Chris sich, als sie sich vor der Bar verabschiedeten.

»Da hast du recht. Aber Hauptsache, wir sehen uns, alter Freund.« Nate klopfte ihm auf die Schulter und zog ihn in eine kurze Umarmung. »Viel Erfolg bei der Verhandlung morgen.« Nate hickste.

»Nimm am besten ein Pfefferminz«, ergänzte er, während er seinen eigenen Atem roch.

»Ha, danke für den Tipp!« Chris winkte zum Abschied, dann verschwand er im Eingang des Hotels, das gegenüber ihrer Lieblingsbar lag.

Wie eine sinistre Decke hüllte die Stille Nate ein. Schmal war der Grat zwischen ausgelassener Freude und Einsamkeit, die in ihm aufstieg, sobald die Drehtür Chris verschluckte. Nate blickte die Straße erst hinauf, dann hinunter, doch ein Taxi war weit und breit nicht zu sehen. Fröstelnd zog er den Reißverschluss seiner Jacke nach oben.

»Dann wohl zu Fuß.«

Nate durchquerte auf dem Weg nach Hause das Geschäftsviertel der Stadt. Läden, Büros und Cafés reihten sich hier aneinander, doch um diese Uhrzeit lag die sonst so belebte Straße verlassen vor ihm. Er vergrub seine Hände tiefer in den Jackentaschen. Nur noch zwanzig Minuten, dann würde er in seinem Bett liegen.

Ein Wimmern drang an Nates Ohr, als er ein baufälliges Bürogebäude passierte. Das flehende Geräusch stieß so nachdrücklich durch den Nebel aus Bier, dass er innehielt. Suchend blickte Nate sich um, doch er entdeckte niemanden. Er tat einige Schritte. Das Wimmern wurde lauter. Dort, im Schatten des Gebäudeeingangs! Nate kniff die Augen zusammen, und tatsächlich, er sah eine Bewegung.

»Hallo? Ist alles in Ordnung? Kann ich Ihnen helfen?«

Die Gestalt einer Frau schob sich aus dem Zwielicht hervor. Ihre Kleidung war zerrissen und schmutzig, soweit Nate dies in dem fahlen Licht der Straßenbeleuchtung erkennen konnte. Ihre langen Haare wirkten ungepflegt und waren zu einem zotteligen Zopf zusammengebunden.

»Was ist passiert? Sind Sie überfallen worden?«

Besorgt, aber auch schwankend machte er einen Schritt auf sie zu.

Sofort zog sie sich in die heruntergekommene Betonumrahmung der Eingangstür zurück. Unschlüssig verharrte Nate auf der Stelle und sah zu Boden, wo sein Blick an einigen dunklen Flecken hängenblieb. Dunkelrot, eher bräunlich, verteilten sie sich tropfenförmig auf dem Asphalt und ließen ihn unweigerlich an Blut denken. Sein Kopf schnellte hoch. »Sind Sie verletzt?«

Keine Antwort.

»Hören Sie«, setzte er in einem ruhigen Ton an. »Ich würde Ihnen gerne helfen, aber das kann ich nur, wenn Sie mir sagen, was los ist.« Nate trat zwei Schritte zurück und beobachtete den Schatten, der die Frau vor ihm verbarg.

Langsam, zögerlich, kam ein nackter Fuß aus dem Zwielicht hervor, gefolgt von einem in rissige Hosen gekleidetes Bein. Zuletzt kam das Gesicht der Frau zum Vorschein. Ihre Augen, weit aufgerissen, fixierten Nate, als ob sie erwartete, dass er sie gleich ansprang.

Er betrachtete sie von oben bis unten und erkannte dort, wo die Fetzen die Haut freigaben, zahlreiche Schnittwunden. Was ihr auch immer zugestoßen war, Nate konnte nicht einfach seinen Nachhauseweg fortsetzen. Er musste ihr helfen.

Mit einer langsamen Bewegung führte er die rechte Hand flach an seine Brust. »Mein Name ist Nate.« Er hoffte, dass es funktionierte. Das tat es zumindest im Film immer.

Die Frau runzelte die Stirn und sah ihn prüfend an.

»Nate«, sagte er noch mal, die Hand weiterhin an seiner Brust ruhend. Doch sie verstand ihn wohl nicht.

Zögerlich machte die Frau einen Schritt auf ihn zu, da ergriff ein Zittern Besitz von ihrem Körper. Über ihre Lippen kroch abermals ein Wimmern, während ein Krampf sie in die Knie zwang. Nate eilte auf sie zu, wollte sie stützen, sie indes taumelte zurück, hob abwehrend eine Hand. Einige der Schnittwunden bluteten. Die Rinnsale zeichneten schwarze Muster auf ihrem Körper. Ein Netz aus Schmerz.

»Wieso lassen Sie sich nicht helfen? Gleich in der Nähe ist ein Krankenhaus. Wir könnten in zehn Minuten dort sein.«

Nate griff nach dem Arm der Frau. Sie wich ihm aus, und er bekam nur Luft zu fassen. Gleichgewicht suchend kämpfte sie sich hoch und ging rückwärts. Ihre tränenfeuchten Augen schienen Nate abzusuchen.

Unweigerlich sah er an sich herab. Hatte er etwas an sich, das sie irritierte? Als er den Blick wieder hob, sah er, wie sie in der Dunkelheit des Gebäudes verschwand.

Nate starrte ratlos in die Finsternis. Er sollte nach Hause gehen. Offensichtlich wollte die Frau keine Hilfe. Andererseits wollte er nicht irgendwann in einem Newsticker lesen, dass ihre Leiche gefunden worden war. Sollte er die Polizei rufen? Würden die sich überhaupt um so etwas kümmern?

»Das ist nicht zu fassen«, fluchte er leise, förderte aus den Tiefen seiner Jackentasche sein Handy zutage und schaltete dessen Taschenlampenfunktion ein. Gleich einem Höhlenforscher verschwand er im Mundloch der Ruine.

Drinnen begrüßte ihn kalte Luft. Sie roch abgestanden und muffig. Nate glaubte, das Klicken kleiner Krallen auf dem Betonboden zu hören. Vor seinem inneren Auge entstand eine ihn umzingelnde Rattenlegion und bescherte ihm eine beispiellose Gänsehaut.

»Nur nicht drüber nachdenken, Nate. Einfach weitergehen«, sprach er sich selbst Mut zu und leuchtete den Boden nach verdächtigen Spuren ab. Mit so wenig Licht fiel es ihm schwer, Wasserflecken von Blutflecken zu unterscheiden.

Obwohl seine Schritte durch das gesamte Gebäude zu hallen schienen, hörte er keinen einzigen Laut, der ihm verriet, wo sich die Frau versteckt hielt.

Moment! Dort glänzte etwas schwach im Taschenlampenlicht. Zwei blutige Abdrücke eines linken Fußes führten Nate zum Treppenhaus. Einen weiteren halben Fußabdruck fand er auf der Treppe, die hinabführte. Nate folgte den Stufen langsam nach unten, darauf bedacht, nicht zu stürzen und sich zu allem Überfluss auch noch zu verletzen.

Die Hälfte der Treppe lag hinter ihm, als ein Brummen zu ihm heraufdrang und sich an den Wänden des leeren Gebäudes um ein Vielfaches brach. Ein blasses Licht kroch ihm über den blanken Beton entgegen und gewann von Sekunde zu Sekunde an Helligkeit. Der Lichtkegel der Taschenlampe wurde vollkommen davon aufgesogen. Das Brummen schwoll immer weiter an.

Nate hielt inne. »Wie eine Armee von Leuchtstoffröhren«, murmelte er. Doch woher kam der Strom?

Einen Wimpernschlag später stand Nate erneut in vollkommener Dunkelheit. Er spürte, wie seine Muskeln sich verkrampften, weil er nichts sah und die instinktive Angst, irgendwo hinabzustürzen, ihn sofort umklammerte.

Nate holte tief Luft. Vor lauter Schreck hatte er vergessen, zu atmen. Allmählich erkannte er auch den Schein seiner Taschenlampe wieder, während seine Pupillen sich den Lichtverhältnissen anpassten.

Ich sollte gehen. Umdrehen und nach Hause ins Federbett.

Ein spitzer Schrei wallte die nackten Wände entlang und traf auf sein Trommelfell wie eine Flutwelle auf einen Küstenausläufer.

Nein! Ich muss ihr helfen.

Nate eilte die restlichen Stufen hinunter und fand sich in einem breiten Gang wieder, von dem mehrere Räume abgingen. Das Ende des Korridors lag im Dunkeln.

»Hallo?«, rief er in die Schwärze hinein.

Statt einer Antwort hörte Nate einen Piepston. Er schaute auf das Display seines Handys.

»Mist.« Nur noch fünf Prozent Akku. Wer hätte ahnen können, dass lustige Katzenvideos anschauen ihm einmal zum Verhängnis werden könnte? Nate seufzte und schaltete die Taschenlampenfunktion aus. Er brauchte sie definitiv, um später wieder aus dem Gebäude herauszufinden.

Weiter hinten im Gang erkannte er einen schummrigen, rechteckigen Schein. Und darin den Schatten eines Menschen.

»Gefunden«, flüsterte er. Vorsichtig bahnte er sich seinen Weg durch den Flur bis zu dem Türrahmen, durch den der Schemen verschwunden war, und ging hindurch.

Er hatte einen leeren Raum erwartet, doch in seiner Mitte thronte ein Generator, teilweise mit Plastikplanen bedeckt. Nate umrundete das Gerät und fand in der hintersten Ecke die Frau auf einem rissigen Pappkarton hockend, der mehr aus Dreck und Blut als aus Pappe bestand. Neben ihr stand eine Art Campinglaterne, die der Finsternis trotzig entgegenleuchtete. In dem schwachen Licht wirkte das Gesicht der Frau blass und wächsern. Die wachsamen Augen lagen tief in ihren Höhlen, die eingefallenen Wangen ließen vermuten, dass sie keine regelmäßigen Mahlzeiten bekam. Ihr ganzer Körper erzählte eine Geschichte des Verzichts.

Nate ging in die Hocke. »Hier verstecken Sie sich also.« Er hob beide Hände. »Ich will Ihnen nichts tun, nur helfen. Können Sie mich verstehen? Mein Name ist Nate.«

»Ich heiße Bela.« Ihre Lippen bewegten sich, doch die Bewegung passte nicht zu dem, was sie sagte.

Offenbar deutete sie Nates irritierten Blick richtig, und wies auf ihren Hals. Dort entdeckte er etwas flaches Zylinderförmiges, ähnlich den Nikotinpflastern, die Nate halfen, mit dem Rauchen aufzuhören.

»Simultantranslator. Ich spreche deine Sprache nicht.«

»Okay.« Nate zog das Wort in die Länge, um mehr Zeit zum Formulieren einer gehaltvolleren Antwort zu haben.

»Aus welchem Teil der Welt stammst du?«

»Ihr nennt es noch Seattle.«

Nate kniff sich in die Nasenwurzel und schloss kurz die Augen. Seine Annahme, der Adrenalinschub wegen der verletzten Frau hatte seine Trunkenheit verschwinden lassen, war offenbar falsch gewesen. Was hatte sie eben gesagt?

Konzentrier dich, Nate! Erst die Frau verarzten, dann ihre Herkunft klären.

»Wer hat dir das angetan?«, fragte er und deutete mit einer Hand auf ihren hageren, malträtierten Körper.

»War eine harte Landung.«

»Landung? Bist du irgendwo runtergefallen?« Nates Irritation wuchs. Aufgrund der obskuren Situation und dass mit Bela zu sprechen einem schlecht synchronisierten B-Movie glich.

»Könnte man so sagen.« Ein kurzes Lächeln umspielte Belas Lippen.

»Können wir jetzt zu einem Krankenhaus gehen? Wenn du hier weiter im Dreck herumsitzt, sehe ich unweigerlich eine Blutvergiftung auf dich zukommen.« Nate erhob sich und hielt Bela die Hand hin, die sie jedoch ignorierte.

»Nein, wir können nicht zu einem Krankenhaus gehen. Aber du kannst mir helfen.«

»Wenn du Erste Hilfe meinst, dann muss ich dich enttäuschen. Mein Kurs ist zwölf Jahre her.«

»Sei still!«, fuhr sie ihn an. Nate schreckte zurück.

»Sei bitte still«, wiederholte sie, diesmal ruhiger, fast sanft. Mit einer fließenden Bewegung stand sie auf, als würde sie die Schmerzen ihrer Wunden einfach nicht spüren.

»Du hast eben geschrien. Aus Angst? Ist hier noch jemand?«

»Das sind nur die Kopfschmerzen.« Sie winkte ab. »Tun verdammt weh.«

»Du könntest innere Blutungen haben, was weiß ich. Du brauchst medizinische Hilfe!«

»Nate, ich brauche dich«, hauchte Bela, während sie auf ihn zu kam. Er wich nach hinten aus und stieß gegen etwas Hartes. Der Generator. Seine Hilfsbereitschaft löste sich in Luft auf und machte leiser Panik Platz.

»Dir scheint es doch gar nicht so schlecht zu gehen. Da kann ich ja jetzt ...«

Bela legte ihm ihren blutverschmierten Zeigefinger auf die Lippen. »Ich werde dir etwas erzählen, und du wirst mir nicht glauben. Und doch entspricht alles der Wahrheit, und du wirst verstehen, warum du mir helfen kannst.«

Sie ließ von ihm ab und umrundete den Generator, während sie eine Folie nach der anderen von der Maschine herunterzog. Nate kannte sich als Wirtschaftsjurist kaum mit Elektrogroßgeräten aus, aber Generatoren sahen im Allgemeinen anders aus. Die Maschine, die unter der Folie zum Vorschein kam, bestand aus einem eisernen Skelett, in dessen Inneren ein Glaskokon saß. Unzählige Kabel führten – teilweise um die Rippen gewickelt – von einem Kontrollpanel zu dem Kokon und wieder zurück.

Bela trat in sein Blickfeld und lenkte ihn so von der Maschine ab. »Ich bin hier, weil ich jemanden suche, mit dem ich zusammen die Welt vor dem endgültigen Untergang retten kann.«

»Sicher, dass du dich nicht ernsthaft am Kopf verletzt hast? Was du da gerade erzählst, macht absolut keinen Sinn.«

»Ich verstehe gut, dass meine Worte für dich unglaublich klingen. Aber so ist es. Ich komme aus der Zukunft und habe mit eigenen Augen gesehen, was *deiner* Welt noch bevorsteht.«

»Das ist doch alles Quatsch.« Nate drehte sich um und ging Richtung Flur, da traf ihn etwas Hartes am Rücken. Er wirbelte herum und sah Bela, wie sie ihn mit dem nächsten Stein anvisierte.

»Wenn du jetzt gehst, wirst du für den Tod von Milliarden Menschen verantwortlich sein.«

Nate wusste, dass das nicht stimmte, aber die Ernsthaftigkeit in ihrer Stimme ließ ihn innehalten.

»Wie meinst du das?«

»Der Planet wird explodieren.«

»Welcher Planet? Die Erde?«

»Richtig. Und ich möchte das verhindern.«

»Aber warum wird das passieren? Ich meine, Klimaerwärmung und Überbevölkerung sind mir klar. Haben wir es nicht geschafft, eine Siedlung auf dem Mars zu gründen?«

Bela schüttelte den Kopf. »Nein. Kriege und Kapitalismus haben dazu beigetragen. Die Erde ist durch die Überbevölkerung immer kleiner geworden, und da mehr in die Expansion in den Weltraum als in Lebensmittelproduktion investiert wurde, um das Platzproblem zu lösen, ließ der Hunger die Menschen zu den Waffen greifen.« Sie zuckte mit den Schultern. »Um die Explosion zu verhindern, brauche ich ein passendes Fragment aus dieser Ära, denn ihr steht an der Schwelle der Abwärtsspirale. Wenn ich dich fragmentiere und an den richtigen Platz der Gleichung setze, könnte es gelingen, die Geschichte zu ändern und die Erde zu retten.« Ihre Augen fixierten ihn. »Hast du Kinder?«

»Nein«, erwiderte Nate verwirrt.

»Gut.«

Nate stieß einen Schwall Luft aus. »Warte. Ich bin doch kein Fragment! Du kannst mich nicht ... fragmentieren!«

»Du bist eines. Ich suche schon lange nach dem Teilstück, das ich in meine Gegenwart einsetzen kann, um alles vor dem Untergang zu bewahren.«

»Woher willst du überhaupt wissen, dass ich der Richtige bin? Ich bin doch nur jemand, der zufällig die Straße entlanggekommen ist.«

Bela tippte sich mit der Fingerkuppe unter das linke Auge. »In meiner Retina ist ein Scanner verbaut. Deine Gene haben mir verraten, dass du funktionierst.«

Sie überbrückte die Distanz zwischen ihnen und griff nach seiner Hand. Das Piksen, das er jäh am Zeigefinger spürte, ließ ihn zusammenzucken.

»Autsch!« Er zog seine Hand zurück und betrachtete das kleine Loch in seiner Fingerspitze, aus dem ein Blutstropfen quoll. »Das reicht. Ich hau ab!«

Ohne aufzusehen, zog sie etwas, das wie eine kleinkalibrige futuristische Pistole aussah, unter ihrer Kleidung hervor und richtete sie auf Nate.

»Sei so gut und bleib da stehen. Ich brauche ein bisschen DNA für das *Chronokine*.« Sie hielt einen weißen Streifen, auf dem ein roter

Fleck prangte, in die Höhe, während sie zu der Maschine ging. Mit einem Schalter erweckte sie das *Chronokine* zum Leben. Den Streifen legte sie auf eine kleine Glasfläche, die daraufhin in das Panel gezogen wurde. Mehrere Bildschirme leuchteten blau in die Dunkelheit hinein, die Tastatur selbst setzte sich kaltweiß ab.

Nate senkte die Augenlider, um dem grellen Licht zu entkommen. Er hörte, wie Bela tippte.

»Es funktioniert!«, jubelte sie. Widerwillig öffnete er die Augen. Zahlen und Buchstaben ratterten in Kolumnen über die Mattscheiben. Das Brummen, das Nate zuvor im Treppenabgang gehört hatte, dehnte sich im Raum aus.

Also hat sie vorhin schon mal versucht, die Maschine zu starten. Ein Testlauf?

Bela hatte die Waffe auf das Bedienpult gelegt. Das war Nates einzige Chance.

»Was passiert jetzt?«, rief er, um das Geräusch zu übertönen. Gleichzeitig schob er sich quälend langsam in Richtung Ausgang.

»Ich habe das *Chronokine* auf dich kalibriert. Du musst jetzt in den Glaskokon steigen. Er wird dich als gment nutzbar machen und so meine Gegenwart vor der Extinktion bewahren.«

Mehr wollte Nate nicht hören. Er rannte los, stolperte über seine eigenen Füße, als er in den dunklen Betongang stürmte. Vor seinem inneren Auge sah er sich die Treppe hinaufstürmen, durch die marode Eingangshalle, aus der Tür hinaus auf die Straße. Und dann schnurstracks nach Hause.

Ein Stich an seinem Hals brachte ihn ins Taumeln. Wie von selbst flog seine Hand zu der Stelle, wo er den Schmerz spürte. Nate zog heraus, was sich in seine Haut gebohrt hatte, und warf es zur Seite. Da gaben seine Beine nach, und er schlug der Länge nach hin. Nates Körper fühlte sich mit einem Mal an, als würde er in Flammen stehen. Er konnte seine Gliedmaßen nicht mehr bewegen. Er glaubte zu schreien, sein Blick verschwamm.

»Ich bin meinem Ziel so nahe«, hörte er sie noch sagen, dann schaltete sein Verstand ab.

Nate spürte Kälte, seine Zähne klapperten, die Zunge fühlte sich in seinem Mund doppelt so groß an wie normal. Mit den Händen ertastete er eine glatte, eisige Oberfläche, die ihn eng umschloss. Der Versuch, die Augen zu öffnen, raubte ihm die letzte Kraft. So langsam sein Blick sich klärte, umso tiefer kroch der Horror in seine Glieder.

Bela hatte ihn betäubt und in den Glaskokon gesteckt. Er konnte sie sehen, wie sie am Kontrollpult stand und geschäftig auf die Tastatur einhackte. Das Brummen und Knistern durchdrangen das Glas und versetzten es in Schwingung.

Ich bin gefangen.

Adrenalin raste durch seine Adern, vertrieb das letzte Brennen und verschaffte Nates steifem Körper einen Kickstart. Von Wut getrieben, hämmerte er gegen die Glaswände.

»Lass mich hier raus! Ich will nicht draufgehen für eine Welt, die ich nie erleben werde!«

Bela hob nicht einmal den Blick. Sie tippte und tippte, ab und an prüfte sie die Bildschirme und Leitungen.

»Hey! Ich rede mit dir, du Biest!«

»Es ist gleich geschafft. Hör auf, dich aufzuregen.«

Er fühlte sich wie eine Laborratte, als ihr Blick abschätzend über ihn hinwegglitt.

»Nur noch ein paar Minuten und ich kann zurück nach Hause, zu meiner Familie.« Ihr Gesichtsausdruck bekam etwas Sehnsüchtiges.

»LADUNG VOLLSTÄNDIG«, dröhnte eine Computerstimme durch den Kellerraum. Die ganze Umgebung fing an zu flackern. Nate kniff die Augen zusammen, versuchte, etwas zu erkennen. Immer länger wurden die Flackersequenzen, in denen der Keller verschwand und einer anderen Aussicht Platz machte. Nate sah einen ähnlich großen Raum, vollgestopft mit Geräten und Apparaten unterschiedlichster Bauweise und mit ungleich dicken Kabeln verbunden, die kreuz und quer über dem Boden lagen. Er konnte daneben Menschen ausmachen. Sie starrten auf die Mitte des Raumes, auf ihn. In der einen Sekunde stand der Glaskokon in dem Betonbunker, in der nächsten in dem *Kontrollraum*.

»INITIIERE FRAGMENTÜBERTRAG«

»Was geschieht hier?«, brüllte Nate sich die Seele aus dem Leib. Doch Bela schüttelte nur den Kopf und lächelte milde.

Plötzlich schwebte er in der Enge des Kokons. »Was zum …? Aahh!«

Ein unbeschreiblicher Schmerz durchzuckte ihn, fegte sein Gehirn blank und flutete es mit Pein. Er glaubte, Arme und Beine herausgerissen zu bekommen, während sein Blut durch Salzsäure ersetzt wurde. Er kreischte wie besessen. Das Flackern um ihn herum beschleunigte sich. Nate sehnte sich dem Tod entgegen. Dann wäre es wenigstens vorbei.

Er schlug hart auf dem Gitterboden des Kokons auf. Blut quoll aus seinem Mund, und er musste husten.

»ÜBERTRAGUNG FEHLGESCHLAGEN«

Nate zwang seinen Körper, sich aufzurichten. Er suchte den Raum nach Bela ab. Da! Sie stand am Pult und schlug auf die Tastatur ein. Das Flimmern verlangsamte sich, die Sequenzen, die die andere Realität zeigten, wurden immer weniger.

»Nein! Nein, nein! Wir waren fast da! Ich habe sie schon gesehen!« Ein Schluchzer entwich ihrer Kehle. »Es war doch alles richtig. Das Fragment, die Kalibrierung …« Der Rest des Satzes ging in Jammern unter.

»EINGEHENDER FEHLERBERICHT«

Nate beobachtete, wie Bela den Kopf zu den Bildschirmen herumriss. Gespannt verfolgte er ihre Mimik, während ihre Augen über den Text hetzten.

Belas Stimme überschlug sich. »Falsches Fragment? Wie, falsches

Fragment? Ich habe doch den Test gemacht!« Ihr Blick schnellte zu Nate, im nächsten Augenblick stand sie vor ihm.

»Du warst der Richtige! Die Kalibrierung habe ich selbst vorgenommen. Jeden Stoff habe ich einkalkuliert.«

Die Erkenntnis traf Nate wie ein elektrischer Schlag. »Ich hatte wohl ein paar Bier zu viel.«

»Wovon sprichst du?«, fragte Bela irritiert.

»Alkohol. Den habe ich gerade massenweise im Blut.«

Ihre Augen weiteten sich in Zeitlupe. »Alkohol? Ich verstehe nicht.«

»VERBINDUNG UNTERBROCHEN – DEKONSTRUKTI-ON PROTOKOLLMÄSSIG EINGELEITET«

»Was? Nein!«

Eine Wolke, ähnlich der Zündung einer Mondrakete, hüllte den Kokon ein. Durch seine Ohren toste eine Kakofonie aus Reißen, Knallen, Bersten und hundert anderen Geräuschen.

Jetzt ist es vorbei.

* * *

Stille.

Sie war so laut, dass Nate doch noch einmal die Augen aufmachte. »Ich bin nicht tot? Wow.«

Er war nach wie vor in den Kokon gefangen, nur wies dieser inzwischen einen großen Riss unten am Sockel auf. Nate trat mehrere Male beherzt dagegen, bis das Glas vollends splitterte und eine Öffnung freigab, durch die Nate kriechen konnte. Die Kratzer, die ihm das Glas dabei in die Haut schnitten, waren ein kleiner Preis für seine wiedergewonnene Freiheit.

Er richtete sich auf und sah sich um. Auf der noch intakten Seite klebte eine rotbraune Masse, durchsetzt mit Kleiderfetzen. Nate wandte sich rasch ab und kämpfte die aufsteigende Übelkeit nieder. So einen Tod wünschte er wirklich niemandem.

Das Rieseln von Gestein ließ ihn auffahren. Spätestens jetzt musste das Gebäude einsturzgefährdet sein. Nate griff in seiner Jackentasche nach seinem Handy. Drei Prozent Akku und kein Empfang.

Er schaltete die App ein und leuchtete die Wände ab, um den Ausgang zu finden. Der Gang bestand nach hinten nur noch aus Trümmern, doch die Treppe erschien einigermaßen intakt. Er eilte die Stufen hinauf, dabei wurde es viel schneller hell als erhofft. Sicherlich ging die Sonne bereits auf. Ihm war unklar, wie viel Zeit in diesem verfluchten Keller vergangen war. Er würde definitiv zu spät zur Arbeit kommen.

Er trat in die Eingangshalle – doch es gab sie nicht mehr. Über ihm spannte sich der Himmel. Die Dämmerung kündigte den Beginn des neuen Tages an.

Nate drehte sich mehrmals um die eigene Achse. Kein Stein stand mehr auf dem anderen. Die Häuser – alles nur noch Schutt und Asche. Dafür sah er befremdlich viele Pflanzen und Bäume. Was hatte Bela verursacht?

Mehr aus Verzweiflung denn aus Verstand sah er auf das Display seines Handys. Die Datumsanzeige oben rechts zeigte ?%-$#-! an, die Uhrzeit stand auf 7:77.

»Das ist ja wie in *Postapocalyptica*«, hauchte Nate.

Er sackte zu Boden. Hatte Bela ihn in die Zukunft katapultiert? In die zerstörte Zukunft?

Offensichtlich. Belas Suche war ihm zum Verhängnis geworden.

Sein Handy verabschiedete sich. Kurz bevor der Bildschirm schwarz wurde, erhaschte Nate einen letzten Blick auf das Hintergrundbild.

Chris und er, beide mit einem Bier in der Hand, in besseren Zeiten.

Ein Beben erschütterte die mit Schutt bedeckte Erdoberfläche. Ein Schwarm Vögel zog hektisch mit den Flügeln schlagend über den Himmel.

Am Horizont sah Nate dunkle Wolken, die rasch näher kamen. Es roch nach Regen. Nein, nach Sturm.

Bernhard Schmidt

Am Anfang war das Wort

Der Pater hatte sich gerade in seinen alten Sessel fallen lassen, der ihn knirschend in Empfang nahm, als es an der Haustür läutete. Seufzend erhob er sich aus dem diesmal knarrenden Sitzmöbel, nicht ohne noch einen Blick auf das einladende Glas Portwein mitzunehmen. Dann schlurfte er zur Haustür und öffnete sie. Eine Gestalt verharrte erst knapp jenseits des schwachen Lichts der Haustürlaterne, dann trat sie näher. Im unwillkürlichen Zurückweichen erkannte der Pater eine hagere männliche Gestalt in nicht sehr modischer Kleidung. Die Krempe seines tief ins Gesicht gezogenen Hutes konnte dennoch die hellgrauen, blitzenden Augen nicht verbergen, die beim Pater eine sehr schwache Erinnerung hervorriefen.

»Pater«, flüsterte die Gestalt. »Pater, bitte hören Sie mir zu. Keine Angst, wir kennen uns doch bereits.«

»Was wünschen Sie?« Das klang höflicher, als es beabsichtigt war.

»Pater!« Die Gestalt wurde nachdrücklicher. »Sie forschen doch auch, ob Zeitreisen möglich sind, nicht wahr? Und Sie sind Quantenphysiker, so wie ich. Von Kollege zu Kollege bitte ich Sie, mir zuzuhören.«

»Ja«, erwiderte der Pater überrumpelt.

»Ich bin Doktor Sternfeld von der TU in München«, sagte die Gestalt im Türrahmen, während sie schon Anstalten machte, das Haus zu betreten. Der Pater ließ es automatisch zu, weil er immer noch in seinem Gedächtnis kramte, schloss die Tür hinter der Gestalt und bugsierte sie ins Wohnzimmer. Dort ließ sie sich in den knarrenden Sessel fallen, ohne Mantel und Hut abzunehmen. Der Pater nahm wohl oder übel auf dem kleinen Stuhl gegenüber Platz, öffne-te den Portwein und goss seinem … Gast ein Glas ein. Der Doktor schluckte den Wein hastig herunter und schob das Glas auffordernd zur Flasche.

»Wir haben uns vor einem Jahr im Hofgarten gesehen«, begann der Pater, der sich nun wieder erinnern konnte. »Sie haben mir da-mals ein altes Buch gegeben und mich gebeten, es nicht wegzuwerfen. Das habe ich auch nicht, denn es ist eine seltene Ausgabe von Niels Bohr, vermutlich sehr wertvoll.«

Der Doktor nickte, während der Pater fortfuhr. »Diese Ausgabe, von der es wohl nur noch wenige Exemplare gibt, befasst sich mit der Erforschung der Struktur der Atome und der von ihnen ausgehenden Strahlung. Insbesondere der Strahlung.«

»Stimmt genau«, ergänzte der Doktor. »Dafür hat er ja den No-belpreis bekommen. Aber warum ist dieses Buch so wenig bekannt? Warum hat es Bohr selbst nicht weiterverbreitet, wissen Sie das?« Der Doktor rückte sich erwartungsvoll im Sessel zurecht, der dabei keinen Laut von sich gab, wie der Pater verwundert bemerkte und erwartungsvoll schwieg. »Nun«, setzte der Doktor nach einer be-dächtigen Pause fort, »er hat über atomare Strahlungen spekuliert, die Zeitreisen ermöglichen sollen.«

»Soweit ich weiß«, erwiderte der Pater, »ist er angeblich den Quanten auf der Spur gewesen.« Er bemühte sich, unwissend zu wirken.

»Pater«, sagte der Doktor in der Weise, wie wenn man ein Kind beim Schwindeln ertappt, »lassen wir das. Ich weiß Bescheid.«

Der Pater verlor kurz seine würdevolle Haltung und griff hastig zum Portweinglas, während der Doktor mit einem Redeschwall be-gann, so wie ein vorlauter Schüler dem Lehrer zeigen will, dass er etwas weiß. »Natürlich ist er den Quanten auf die Spur gekommen. Und hat geahnt, dass sie die Lösung für alle Raumzeit-Fragen sein können, und hat damit Planck und Heisenberg inspiriert. Aber auch die haben nicht weit genug gedacht.«

Der Doktor atmete tief ein, und der Pater ahnte, dass er nun behaupten würde, er habe die Gedankenkette von Planck und Heisenberg weiter geknüpft. Genau so war es. »Auf der Quantenebene gibt es keine Zeitfaktoren. Sie sind zeitlos, oder besser gesagt, Quanten existieren in jeder Zeit, in allen Zeiten, Vergangenheit, Gegenwart und Zukunft.«

Äußerlich blieb der Pater ruhig. »Doktor, es ist schön, mit Ihnen über Quanten zu reden, aber sind Sie deshalb zu mir gekommen? Es gibt qualifiziertere Quantenphysiker als mich.«

»Ich komme ja gleich zum Punkt, werter Pater. Aber stellen Sie vorher Ihr Glas ab. Nicht, dass es gleich zu Boden fällt.«

Unwillkürlich folgte der Pater dem Rat und beugte sich nach vorne in Erwartung des nun Folgenden. Leise und betont bedächtig fuhr der Doktor fort. »Um es kurz zu machen: Mit einer bestimmten atomaren Strahlung kann man Materie, auch belebte, auf der Quantenebene in jede mögliche Zeit versetzen. Ich habe das gemacht.«

Nun schnappte der Pater nach Luft. Der Vatikan hatte schon lange diese Vermutung, aber niemand hatte es bisher beweisen können. »Zeitreisen zu machen«, erwiderte er betont abfällig, »das haben schon viele behauptet. Alles Scharlatane.«

»Ich wusste, dass Sie mir nicht glauben, Pater. Deshalb beweise ich es Ihnen. Sie erinnern sich an unsere Begegnung vor einem Jahr?«

Der Pater nickte.

»Damals gab ich Ihnen das Buch von Niels Bohr. Für mich ist das aber gestern geschehen, nicht vor einem Jahr. Holen Sie das Buch und öffnen Sie den Buchrückendeckel. Darin werden Sie eine Todesanzeige finden von jemandem, der erst vor einer Woche gestorben ist. Vor einem Jahr konnte ich das also noch gar nicht wissen.«

Der Pater stand auf und ging, halb glaubend, halb zweifelnd, zu seiner Bibliothek und nahm das besagte Buch aus dem Regal. Vom Schreibtisch nahm er einen Brieföffner mit und setzte sich wieder auf seinen Stuhl. Vorsichtig öffnete er den Rückendeckel, der nur leicht verklebt war. Tatsächlich fand er eine Todesanzeige. Sie stammte von vorletzter Woche und beklagte den Tod eines früher sehr bekannten Politikers.

»Nun?« Der Doktor lächelte mit überlegener Miene. »Glauben Sie mir jetzt?«

Das Gehirn des Paters arbeitete fieberhaft, aber er konnte keine Täuschung, keinen Denkfehler seinerseits erkennen. Der Doktor war offensichtlich in der Zeit gereist. Diese Tatsache erfüllte ihn mit wissenschaftlicher und religiöser Erregung gleichermaßen, denn als Quantenphysiker kannte er bereits die Theorien des Zeitreisens und konnte daher die Erklärungen des Doktors akzeptieren. Andererseits eröffnete dies eine Möglichkeit, die der Vatikan seit Jahrhunderten verfolgte.

»Wie können Sie in der Zeit reisen, wie finden Sie Ihr Ziel und wie kommen Sie wieder zurück?«, wollte der Pater wissen.

»Oh, auch ich habe meine Geheimnisse, Pater. Aber nur so viel: Die von Bohr vermuteten Strahlen habe ich gefunden und kann sie dosiert anwenden. Je nach Stärke und Modulation kann ich mit mehr oder weniger Präzision jeden Ort und jede Zeit anvisieren und meine Verweildauer dort. Aber nur in der Vergangenheit.«

»Warum nicht in der Zukunft?«

»Das hängt mit der Navigation in der Zeit zusammen. Man kann nicht, wie H. G. Wells es beschrieben hat, einfach einen Hebel auf einer Zeitmaschine umlegen. Die Strahlen geben nur einen Impuls, auf dem ich dann reiten muss, wenn die Metapher passt. Steuern kann ich mit meinen Gedanken durch Raum und Zeit, besser durch die Raumzeit. Die Vergangenheit der Welt ist in unseren Genen eingeprägt und im Unterbewusstsein verankert. Alle Atome, aus denen wir bestehen, haben schon den Urknall erlebt und können sich – sagen wir – erinnern. Meine Gedanken steuern mich an jeden beliebigen Punkt der vergangenen Raumzeit. Bisher hat es funktioniert. Unser Unterbewusstsein kennt aber nicht die Zukunft. Sobald wir auch nur eine Sekunde in die Zukunft reisen wollen, eröffnet sich das Chaos in Form unzähliger Optionen, Alternativen, Abzweigungen.

Als ich es einmal versucht habe, bin ich fast wahnsinnig geworden und nur dank einer kleinen Strahlendosis sofort wieder in die Gegenwart zurückgekommen. Nein, die Zukunft kann nicht bereist werden, davon bin ich überzeugt.«

Der Pater gab sich mit der Erklärung vorerst zufrieden, denn es widersprach nicht dem Wissenstand des Vatikan. »Warum«, fragte er mit leicht vibrierender Stimme, »kommen Sie damit zu mir? Warum verkaufen Sie Ihr Wissen nicht an die Industrie oder an Regierungen? Man könnte mit so einer Fähigkeit doch viel Gutes oder auch Schlechtes anstellen? In jedem Fall aber würden Sie viel Geld verdienen.«

Nun bekamen die Augen des Doktors einen merkwürdig wirren Glanz; er nahm mit zittrigen Händen sein Portweinglas, kippte den Inhalt regelrecht in seinen Rachen und sprach dann nur das eine Wort: »Henoch.«

Dieser Name ließ den Pater sichtlich erblassen. Er stand ruckartig auf und warf dabei den kleinen Tisch mit dem Portwein um. Unwillkürlich wich der Doktor zurück und hob seine Arme abwehrbereit, aber der Pater fiel schon wieder zurück auf seinen Stuhl und röchelte. Er stellte den Tisch wieder auf und wartete auffordernd. Nachdem der Pater weiter schwer atmend schwieg, fuhr der Doktor fort. »Ich bin nicht nur Quantenphysiker, sondern interessiere mich auch für den Ursprung der Welt, die auf der Quantenebene begonnen hat. Ob zufällig oder von jemandem ... bewusst erschaffen, das wissen wir ja nicht, glauben es nur, oder auch nicht.«

Der Pater hörte mit offenem Mund zu.

»Ich weiß, dass Sie sich mit diesen Fragen beschäftigen, und zwar im Auftrag des Vatikan.«

»Woher ... ?« Der Pater schnappte nach Luft und konnte nicht weiterreden.

»Ach, wenn man die vatikanischen Schriften der letzten Jahrhunderte genau liest«, fuhr der Doktor fort, »und weiß, nach was man suchen muss, dann findet man es auch. Sie wissen doch, dass man

Geheimnisse am besten verbirgt, indem man sie öffentlich macht. In der schier unendlichen Vielfalt von Lügen auf der Welt fällt die Wahrheit nicht auf. Viele lesen sie, aber glauben sie nicht. Wer aber glaubt, der findet die Wahrheit. Ich habe herausgefunden, warum das Buch Henoch nicht in die Bibel Eingang gefunden hat, und dass es Kapitel gibt, die erklären, was mit dem ersten Satz des Buches Genesis gemeint ist ... Im Anfang war das Wort. Und ich habe herausgefunden, dass Sie vom Vatikan beauftragt sind, darüber zu forschen. Das Buch Henoch liegt doch in den Katakomben des Vatikan, nicht wahr?«

Der Pater war immer noch elektrisiert, konnte aber wieder sprechen. »Sie, Sie wissen etwas, was Sie nicht wissen dürfen. Wissen Sie, welches Risiko Sie damit eingehen, es mir zu offenbaren?«

Der Doktor nickte; er kannte die Inquisition. Auch der Pater war ein Inquisitor und würde seine Pflicht tun, ohne zu zögern, wenn es nötig sein sollte. »Das weiß ich genau! Aber die Chancen, wenn ich mich Ihnen offenbare, sind ungleich höher als mein persönliches Risiko. Ich kann Ihnen helfen, die wichtigste Frage zu beantworten, die den Vatikan seit Jahrhunderten umtreibt.«

Ohne auf die Reaktion des Paters zu warten, fuhr er fort. »Nämlich, was genau im Anfang passiert ist. War es nur eine zufällige Quantenfluktuation oder gibt es den unbewegten Beweger, von dem Kant spricht? Was bedeutet das Wort im Anfang? Ist das ein Symbol, eine Metapher, vielleicht für eine Formel, die Quantentheorie? Helfen Sie mir, Pater, das zu verstehen. Nur Sie können das.«

Der Pater lehnte sich zurück, schloss die Augen und versuchte sich klarzuwerden, ob und inwieweit er sich auf den offenen Austausch einlassen sollte, und welche Chancen Offenheit ermöglichen könnte. Aber im Falle des Falles ... hatte er ja immer noch die Instrumente der Inquisition zur Verfügung. Was also konnte passieren? »Nun gut, Doktor, ich kann Ihnen sagen, was Sie ja ohnehin schon vermuten. In der Tat haben wir vor Jahrhunderten das Buch Henoch in Jordanien gefunden. Kreuzritter brachten es nach Rom. Dort war man sich sofort über die Brisanz im Klaren, auch wenn man Quanten ja noch nicht kannte. Allein der Hinweis bei Henoch, dass das Wort eben kein Wort Gottes, sondern ein physikalisches Ereignis gewesen sein könnte, hätte die Position des Glaubens und der Kirche erschüttert. Daher hielt man es unter Verschluss, setzte aber alles daran, sein Geheimnis zu lüften. Die Kirche war nie so wissenschaftsfeindlich wie allgemein angenommen.«

Empört entgegnete der Doktor: »Aber Galileo Galilei ... !«

»Der war einer von uns, werter Doktor.«

Ungläubig schaute dieser den Pater an.

»Wir wussten doch, dass er recht hatte mit seiner Theorie, dass die Sonne im Zentrum des Universums, also des Sonnensystems, stehen musste. Aber wie kann man nach Jahrhunderten des Glaubens an ein geozentrisches Weltbild die Menschen mit der Wahrheit vertraut machen, ohne sie zutiefst zu verstören? Wir haben mit Galileo ausgemacht, dass er in seinem Buch Dialogo beide Weltsysteme beschreibt und zwei Personen im Dialog darüber streiten lässt. Das richtige Weltbild wird von einem Narren verteidigt, das alte, falsche, von einem Gelehrten. Der Trick hat funktioniert, auch wenn Galileo dafür erst sehr spät offiziell rehabilitiert worden ist. Giordano Bruno wollte die Wahrheit mit brachialer Offenheit verbreiten, und das wäre für uns sehr gefährlich gewesen. Aber ich meine, man hätte ihm trotzdem den Scheiterhaufen ersparen können ...«

Der Doktor und der Pater schwiegen eine Weile und dachten über das Gesagte nach. Schließlich fuhr der Pater fort. »Seitdem versuchen wir, das Geheimnis des Buches Henoch zu entschlüsseln. Wir haben viel in die Wissenschaft investiert, hinter den Kulissen.« Der Pater lächelte versonnen. »Vor allen in die Astronomie und Kosmologie, aber auch in die Quantenphysik. Wir wollen wissen, was es mit dem Wort im Anfang auf sich hat. Das Rätsel lässt sich nur lösen, indem wir uns vom Kleinsten und Größten her gleichzeitig nähern. Vielleicht existiert eine Verbindung zwischen dem Kleinsten, der Quantenebene, und dem Größten, dem Universum als Ganzes? Vielleicht ist beides identisch? Dafür investieren wir in Elektronenbeschleuniger und Teleskope. Aber wir stoßen an beiden Seiten an Barrieren. Die Unschärferelation lässt uns nicht tiefer in die Quantenebene hineinblicken, und die thermische Barriere, die kosmische Hintergrundstrahlung, versagt uns einen Blick näher als 300 Millionen Lichtjahre am Urknall.«

Der Doktor runzelte die Stirn und entgegnete: »Danke für Ihre Offenheit. Ich hatte so was schon vermutet. Vielleicht ist meine Entdeckung der Zeitreisen über die Quantenebene eine Möglichkeit, Antworten auf Ihre Fragen zu finden.«

»Wie meinen Sie das?«, fragte der Pater.

»Nun, ich könnte zum Beispiel in die Zeit hinter die thermische Barriere springen, also kurz nach dem Urknall. Vielleicht sehe ich etwas ...?«

»Aber dort, wo auch immer der Ort sein mag, herrschen extrem hohe Temperaturen, Chaos und Vakuum, oder Materie, oder Antimaterie, oder alles. Wie könnten Sie sich da aufhalten?«

»Kann sein, dass es nicht möglich ist. Zeitsprünge mache ich nicht physisch, also mein Körper bleibt in der Gegenwart. Ich bin eine Art temporales Hologramm, das keine physischen Einwirkungen erleiden kann. Sie haben mich vor einem Jahr im Hofgarten gesehen, ja, aber ich selbst spürte keine Wärme, Kälte, Luft oder irgendetwas anderes, das Menschen mit ihren Sinnen aufnehmen können. Wir werden sehen, was mir passiert.« Der Doktor wurde nachdenklich.

»Stephen Hawking behauptet«, entgegnete der Pater, »dass es vor dem Urknall keine Zeit gegeben hat, so wie auf der Quantenebene. Aber falls Sie im Chaos der ersten hundert Millionen Jahre nach dem Urknall falsch navigieren, könnten Sie den Zeitpunkt des Knalls verpassen und dann ...?«

»Ja«, fragte der Doktor, »was dann?«

Beide schwiegen eine Weile und hingen ihren Gedanken nach. Schließlich sagte der Pater: »Es wäre für den Vatikan wichtig, auf die grundsätzlichen Fragen nach dem Anfang der Welt, dem Wort oder was auch immer, Antworten zu bekommen. Was wir dann damit machen, weiß ich nicht. Aber einen Versuch wäre es wert. Aber, werter Doktor, machen Sie die Reise nicht allein? Warum sind Sie zu mir gekommen?«

»Ich brauche doch einen Zeugen«, entgegnete der Doktor lapidar.

Das leuchtete dem Pater ein, und er fragte, wann man denn abreisen könne.

»Sofort«, erhielt er als Antwort.

Welchen Grund gab es noch, zu warten, dachte der Pater. Warum nicht? Sollte es gelingen, welche Karriere würde ihm das im Vatikan eröffnen? Und wenn nicht, wer wusste schon von dem Doktor und seinen Zeitreisen? »Nun gut«, sagte er bestimmt. Nachdem sich der Pater einen Mantel übergeworfen hatte, verließen sie das Haus, stiegen in einen klapprigen alten Wagen und fuhren durch die Nacht. Nach einiger Zeit bog der Doktor in eine Einfahrt und hielt an. Sie standen vor einem alten Haus, das offenbar dem Doktor gehörte, denn er schloss die Haustür auf, und beide traten ein. Unter anderen Umständen hätte sich der Pater das Haus genauer angeschaut, aber er war in Gedanken bei dem bevorstehenden Zeitsprung. Der Doktor ging direkt auf eine Tür zu, öffnete sie und stieg eine Treppe hinab, wobei ihm der gleichermaßen neugierige wie besorgte Pater folgte. Am Ende eines Ganges öffnete der Doktor eine Eisentür, hinter der ein hell erleuchteter Raum lag. Die einzigen Möbel waren eine metallische Liege, wie man sie aus der Pathologie kannte, ein einfacher Hocker sowie ein Gerät, dass an einen Röntgenapparat des letzten Jahrhunderts erinnerte.

»Fangen wir gleich an«, sagte der Doktor wohl mehr zu sich selbst.

Der Pater spürte die Nervosität und konnte sich den inneren Zwiespalt des Doktors vorstellen, der zwischen Neugier und Furcht pendeln musste. »Was muss ich tun?«, fragte er.

»Nichts, setzen Sie sich einfach auf den Hocker! Für Sie dauert das Ganze auch nur einen Augenblick, egal wie lange ich in der

Vergangenheit bleibe. Ich springe immer wieder in den gleichen Gegenwartsaugenblick zurück.«

Mit sichtlich gewohnter Routine schaltete der Doktor den Apparat ein, der sich summend in Betrieb setzte. »Keine Gefahr für Sie. Die Strahlung ist nicht gefährlich«, rief er dem unwillkürlich zurückweichenden Pater zu. Nachdem er sich auf die Liege gelegt hatte, nahm er einige Einstellungen am Apparat vor. Dann griff er nach einem Kabel, an dessen Ende sich ein einfacher Knopf befand. Er drehte sein Gesicht zum Pater. »Nun, wenn alles gut geht, werden Sie gar nicht merken, dass ich fort war. Es geht schnell. Wünschen Sie mir Glück und gute Reise!«, lächelte er dem Pater zu, und bevor dieser etwas entgegnen konnte, drückte der Doktor den Knopf.

Der Pater bemerkte ein kurzes Flackern des Lichts und ein hohes Summen des Apparats, dann war alles so wie vor wenigen Sekunden. Der Doktor setzte sich ruckartig wieder auf, war offenbar kurzzeitig nicht genau orientiert, ordnete sich dann wieder in die Gegenwart ein und sprach zum Pater: »Zu kurz gesprungen. Ich bin nicht hinter die thermische Barriere gekommen. Vorher stehen geblieben, um mich herum unbeschreibliche ...« Er sprach nicht weiter.

Der Pater stellte sich neben die Liege und nahm die Hand des Doktors. »Beruhigen Sie sich!«

»Ich muss den Apparat besser einstellen, mehr Modulation, mehr Amplitude. Sonst komme ich nicht durch ...«

»Ich halte das für keine gute Idee, so, wie Sie diesen Sprung erlebt haben. Überfordern Sie sich nicht. Wir können auch später ...«

»Nein«, widersprach der Doktor dem Pater vehement, »jetzt oder nie. Ich bin so kurz davor ... ich muss es einfach noch mal versuchen. Die Antworten, Pater ...« Er krallte sich an dessen Arm fest, bis er wehtat. »...die Antworten sind doch so wichtig.« Er wandte sich dem Apparat zu und nahm einige Einstellungen vor. Dann legte er sich wieder auf die Liege und nahm das Kabel mit dem Schalter in die Hand. Diesmal blieb der Pater neben ihm stehen und schaute ihm vertrauensgebend in die Augen. Der Doktor schloss sie und drückte erneut den Knopf.

Wie vorhin flackerte das Licht, und der Apparat summte lauter und schriller. Sonst passierte – nichts. Bewegungslos blieb der Doktor auf der Liege, rührte sich nicht. Auch nicht nach einer Minute, fünf Minuten ... Nach einer Viertelstunde beschlich den Pater die Ahnung, dass etwas schiefgegangen sein musste. Der Doktor lag wie schlafend da, sein Brustkorb bewegte sich, und sein Herz schlug regelmäßig. Der Pater rüttelte am Doktor, doch nichts passierte. Er wartete eine Stunde, zwei Stunden. Ihm fröstelte nicht nur wegen des unheimlichen Raums, sondern weil er nach und nach eine Vorstellung davon bekam, was passiert sein musste. Stephen Hawking hatte wohl recht: Vor dem Urknall gab es keine Zeit, also auch keine Vergangenheit. Falls der Doktor über den Urknall hinausgesprungen war, dann wäre er in der zeitlosen Dimension vor der Zeit gefangen, oder wie auch immer man seinen Zustand verstehen könnte. Sein Körper lag hier, aber sein temporäres Hologramm war über 13,8 Milliarden Jahre in der Vergangenheit und konnte vermutlich niemals mehr zurückkehren.

Die Antwort auf die drängende Frage nach dem Ursprung der Welt würde der Vatikan also erst mal nicht bekommen. Ein wissenschaftliches Opfer war zu beklagen. Aber war der Doktor wirklich ein Opfer? Ja, wenn er auf ewig in der zeitlosen Ewigkeit gefangen war, vielleicht bei Bewusstsein.

Aber vielleicht, und der Pater zitterte bei diesem Gedanken, den er vergeblich versuchte, zu verdrängen, vielleicht ist er auch bei dem, der alles erschaffen hat. Ein tröstlicher Gedanke, der das schlechte Gewissen des Paters aber kaum beruhigen konnte, das ihn von nun an immer begleiten würde.

Tanja Kinkel

Und täglich grüßt der Alte Fritz

Im Leben des Königs hatte es schlimmere Tage gegeben, und noch schlechtere standen ihm bevor. Dennoch: Wenn Friedrich II. von Preußen die Wahl gehabt hätte, dann hätte er sich nie entschieden, ausgerechnet diesen besonderen Tag im Oktober des Jahres 1752 mehr als einmal zu erleben.

Geplagt von Kopfschmerzen aufzuwachen, war bereits ein schlechter Anfang. Das lag nicht etwa an Exzessen in der vorigen Nacht. Ein Vater, der Bier fast so sehr liebte wie das Austeilen von Strafen, hatte dafür gesorgt, dass Friedrich sich sehr selten betrank. Doch er hatte den vorigen Abend damit verbracht, sich in immer größere Wut auf Voltaire hineinzusteigern, dessen Aufenthalt an Friedrichs Hof ihn doch glücklich machen sollte. Sechzehn Jahre hatte er um seinen Lieblingsdichter geworben, alles versucht, von Schmeichelei bis hin zu Fälschungen und politischem Druck, um Voltaire dazu zu bringen, Frankreich zu verlassen und stattdessen mit Friedrich in Preußen zu leben. Und nun, da Voltaire endlich hier war, verdarb er Friedrich die Freude an den gemeinsamen Unterhaltungen durch seine undurchsichtigen Geschäftsmethoden und durch die lächerlichen Fehden mit den anderen Geistesgrößen, die ebenfalls zu Friedrichs Kreis gehörten. Und durch die anonymen Schmierschriften, die er veröffentlichte. Friedrich hatte die halbe Nacht damit verbracht, sein eigenes anonymes Gegenpamphlet zu verfassen, weil er Voltaires derzeitigem Gegner nicht zutraute, sich effektiv zur Wehr setzen zu können. So hatte er sich das Leben mit Voltaire nicht vorgestellt.

Da der Sommer endgültig vorbei war, hatte Friedrich befohlen, von nun an um fünf Uhr morgens statt um vier oder drei Uhr geweckt zu werden. Aber sein Körper hatte sich noch nicht umgewöhnt. So war er bereits wach gewesen, als sein Lakai klopfte und eintrat. Wach und schlecht gelaunt. Das Feuer im Ofen seines Schlafgemachs wurde angezündet, was selbst im Sommer der Fall war. Friedrich glaubte an gesunden Schweiß, und er konnte nie genügend Wärme in sich aufsaugen, nicht nach all der Kälte seiner Jugend. Nachdem er sich angekleidet hatte, setzte er sich, um den ersten Stapel Briefe abzuarbeiten, und entdeckte zu seiner Freude, dass sie nicht von irgendeinem Diener gebracht wurden, sondern von Fredersdorff. Fredersdorff war zwar ursprünglich als Kammerdiener in Friedrichs Dienste getreten, aber es lag Jahre zurück, dass er tatsächlich die Aufgaben eines Kammerdieners versehen hatte. Dieser Tage arbeitete Fredersdorff in erster Linie als Friedrichs Schatzmeister, sein Geheimer Kämmerer, als Intendant seiner Musiker und Schauspieler und als Kopf seiner Spione. Im letzten Monat hatte er endlich Urlaub genommen und sich zur Kur nach Aachen begeben; Friedrich hatte ihn beinahe dazu zwingen müssen, denn Fredersdorffs Gesundheit war sehr angeschlagen.

Fredersdorff begrüßte ihn mit dem Lächeln, das im schlimmsten Jahr von Friedrichs Leben, dem Jahr seiner Gefangenschaft in Küstrin, ein wenig Glück in sein Dasein zurückgebracht hatte, damals vor mehr als zwanzig Jahren. Unglücklicherweise verschwand die Freude sehr schnell, die seine Ankunft in Friedrich auslöste. Was ihm Fredersdorff da erzählte, waren höchst unwillkommene Nachrichten.

»Du«, wiederholte Friedrich langsam, »du willst dich verheiraten.«

Die deutschen Worte klangen noch unbeholfener als sonst in seinen Ohren, und sie schienen ihm im Hals zu stecken. Wenn man von seinen Soldaten einmal absah, war Fredersdorff der einzige Mensch, mit dem er regelmäßig Deutsch sprach. Alle anderen hatten Order, ihn nur auf Französisch anzureden. Wenn sie jetzt Französisch miteinander sprächen, er und Fredersdorff, dann hätte Friedrich längst eine beißende, geschliffene Antwort parat, selbst vor sechs Uhr morgens, und er würde nicht wie ein törichter, enttäuschter Narr klingen.

»Euer Majestät«, sagte Fredersdorff leise, »schauen Sie mich an.« Erst da wurde es Friedrich bewusst, dass er Fredersdorffs Blick ausgewichen war. Er hatte sich nach Thisbe und Diane umgeschaut. Seine derzeitigen Lieblingshunde sollten doch im gleichen Raum wie er schlafen. Hatte jemand sie schon hinausgelassen? Das musste wohl der Fall sein. Warum waren sie nicht hier und bettelten ihn darum an, mit Köstlichkeiten gefüttert zu werden?

»Schauen Sie mich an«, sagte Fredersdorff, und Friedrich tat es. Da waren die vertraute Gestalt und das Gesicht, das deutlich ausgemergelter und gealterter als das des jungen Soldaten war, der damals an einem Weihnachtsmorgen die Flöte für Friedrich gespielt hatte, aber ansonsten ...

»Ich habe meine Kur gemacht«, sagte Fredersdorff. »Ich habe alles getan, wozu mir die Ärzte in Aachen geraten haben, weil ich doch weiß, dass Sie meine Brandenburger Doktoren für Scharlatane halten. Aber es geht mir immer noch nicht besser. Ich brauche keine neuen Ärzte, Sire, ich brauche ein Zuhause, in dem ich von einer Person gepflegt werde, die nicht mehr Geld verdient, je länger meine Leiden dauern.«

Die Erleichterung, die Friedrich erfasste, war heiß und belebend, doch etwas Misstrauen blieb.

»Deswegen willst du heiraten? Um eine Krankenpflegerin um dich zu haben?«, fragte Friedrich argwöhnisch. »Hast du denn keine unverheirateten Nichten? Oder verheiratete, was das angeht. Hol dir doch eine von denen, damit sie dir den Haushalt führt. Voltaire liegt mir die ganze Zeit damit in den Ohren, dass ich seiner Nichte gestatte, zu ihm zu kommen, aber derzeit bin ich nicht in der Stimmung dafür, ihm einen Gefallen zu tun. Du dagegen hast meine Erlaubnis, um dir jedes Familienmitglied ins Haus zu holen, das du magst.«

Als Voltaire erwähnt wurde, flog ein Schatten über Fredersdorffs

Gesicht, doch seine Stimme blieb ruhig und gelassen, als er antwortete.

»Meine Nichten und Neffen haben sich ihr eigenes Leben eingerichtet, Sire. Aber Sie haben mich durchschaut; eine liebenswürdige Pflegerin zu gewinnen, die von meiner Krankheit keinen Gewinn zieht, ist nur einer der Gründe, warum ich heiraten möchte. Sie waren immer sehr großzügig zu mir, und ich darf guten Gewissens behaupten, dass ich alles, was ich durch Euer Majestät bekam, gut angelegt habe. Mir gehören Anteile an Handelsgesellschaften, ich besitze Brauereien, ich habe ein Gut – kurzum, ich habe ein Erbe. Meine Familie liegt mir sehr am Herzen, aber keiner meiner Angehörigen hat Talent für das Geschäftliche. Die junge Dame, an die ich denke, hat dieses Talent.«

Also wollte Fredersdorff nicht nur heiraten, er hatte bereits eine ganz bestimmte Frau im Sinn. Eine mit Talent für Geschäfte. Nun gut. Das hätte Fredersdorff gewiss nicht durch ein, zwei Zufallsbegegnungen entdecken können. Junge Damen sprachen mit Fremden nicht über Geschäftliches. Was bedeutete, dass Fredersdorff sie bereits seit geraumer Zeit kennen musste. Doch Fredersdorff war fast so sehr mit Arbeit überhäuft, wie es bei Friedrich selbst der Fall war. Wann und wie war es ihm gelungen, Zeit mit einer geschäftlich talentierten Frau zu verbringen?

»Um wen handelt es sich?«, fragte Friedrich und war erleichtert, als endlich eine Hündin an seiner Seite erschien, damit er sie streicheln konnte. Seine Finger bohrten sich in ihr weiches Fell, und er fühlte sich ein wenig besser.

»Um Daums Tochter, Sire«, erwiderte Fredersdorff, und bezog sich auf einen der erfolgreichsten Bankiers und Waffenfabrikanten in Preußen, einen der beiden Besitzer des Handelshauses Splitgerber & Daum. Nun, es erklärte wenigstens, wie Fredersdorff das Mädchen kennengelernt hatte. Daum erhielt regelmäßig Regierungsaufträge. »Karoline.«

»Eine Erbin. Das hätte ich mir denken können«, sagte Friedrich.

»Von Geld kannst du nie genug kriegen, wie? Du und Voltaire. Warum ist jeder Mensch in meiner Umgebung so geldgierig? Als wäre ich nicht großzügig genug zu dir!«

Was er in Wirklichkeit meinte, war, dass Friedrichs Gegenwart für Fredersdorff genügen sollte. Fredersdorff war kein Adliger. Er war also nicht dazu verpflichtet, einen Stammbaum fortzuführen. Selbst, wenn man zugestand, dass Bürgerliche ebenfalls ihren Namen weitergeben wollten, dann galt doch, dass Fredersdorff ältere Brüder und Schwestern besaß, denn er war das jüngste Kind einfacher Leute im ländlichen Hinterpommern gewesen. Und Friedrich hatte dafür gesorgt, dass Fredersdorff zu einem wohlhabenden Mann wurde. Es stimmte, dass Fredersdorff dieses Geld verzehnfacht hatte. Was spielte es denn für eine Rolle, was aus diesen Geschäften wurde, wenn er einmal nicht mehr lebte? Friedrich glaubte nicht an die Unsterblichkeit der Seele. Selbst, wenn Fredersdorff es tat: Ganz gewiss würde sich nach dem Tod niemand mehr darum kümmern, was aus seinem Erbe wurde. Was hier und jetzt geschah, nur das zählte, und hier und jetzt sollte Fredersdorff jede freie Minute nur mit Friedrich verbringen wollen. Mit niemandem sonst, und ganz gewiss mit keinem Weibsbild.

»Sie waren mehr als großzügig, und Ihnen zu dienen, war das Glück meines Lebens und der Ruf meines Herzens«, sagte Fredersdorff beschwichtigend. »Das möchte ich auch weiterhin tun. Und das kann ich besser, wenn ich ein bequemes Heim habe, mit einer freundlichen Gefährtin, die sich um mich kümmert und die langfristig gesehen das Erbe übernehmen wird, das ich geschaffen habe.«

Jede Antwort, die Friedrich jetzt in den Sinn kam, hätte unvernünftig und kleinlich geklungen. Jedenfalls in seinem miserablen Deutsch. Was er wirklich hinausschreien wollte, war: Sag mir, dass du sie nicht liebst. Sag mir, dass sie dir als Mensch völlig gleich ist. Aber wer war Friedrich denn, ein junger Narr in einem miserablen Theaterstück? Er war ein Mann von vierzig Jahren, und selbst seine zahllosen Feinde würden jederzeit eingestehen, dass er als Monarch sowohl bewundert als auch gefürchtet wurde. So ein Mann demütigte sich nicht dadurch, dass er seinen früheren Kammerdiener um dessen Zuneigung anbettelte.

»Also gut«, sagte Friedrich ungnädig. »Du kannst sie heiraten. Aber noch nicht gleich. Es ist nur anständig, der jungen Demoiselle die Chance zu geben, herauszufinden, worauf sie sich einlässt, nicht wahr? Also soll es ein ordentliches Verlobungsjahr geben. Dann wird sich zeigen, ob sie wirklich einen kühlen Kopf bewahrt.«

Damit beendete er den persönlichen Teil ihres Gespräches und lenkte die Unterhaltung auf Staatsaffären. Damit und mit dem ersten Schwung von Briefen und Petitionen war er eine Weile beschäftigt. Dann ging er in das Vorzimmer, um sich von seinem Adjutanten den ersten Tagesbericht über den Zustand der Armee geben zu lassen, und war unangenehm überrascht, als er dort seinen vierzehn Jahre jüngeren Bruder Heinrich entdeckte.

»Sollten Sie nicht bei Ihrem Regiment sein?«, fragte Friedrich scharf. »Ich will nicht hoffen, dass Sie sich wieder unerlaubten Urlaub nehmen. Also wirklich, Henri, Sie sind jetzt ein verheirateter Mann. Es ist Zeit, dass Sie endlich erwachsen werden. Ich dachte, wir hätten eine Vereinbarung hinsichtlich dieses Punktes getroffen.«

Wenn jemand es verdiente, verheiratet zu sein, dann war es Heinrich. Heinrich, der ebenso wenig wie Friedrich selbst hatte heiraten wollen. Heinrich, der Friedrich ein wenig zu sehr ähnelte, was bei einem dritten Sohn, einem Prinzen, der nie König werden würde, nicht geduldet werden konnte. Da ihm die rebellische Ader seines jüngeren Bruders nur allzu vertraut war, hatte Friedrich Heinrich die gleiche Unterwerfungsgeste aufgezwungen, die ihr gemeinsamer Vater einst von ihm selbst verlangt hatte, eine ungewollte Hochzeit. Heinrich konnte sich glücklich schätzen, dass Friedrich nur diese und keine der anderen Methoden des Vaters benutzt hatte. Noch nicht.

»Euer Majestät waren so freundlich, mir zwei Wochen Urlaub zu geben, damit ich sie in Berlin bei meiner Gattin verbringen kann«, erwiderte Heinrich ausdruckslos.

Das entsprach sogar der Wahrheit. Da er jedoch nicht in der Stimmung war, Heinrich recht zu geben, sagte Friedrich: »Und es würde mich mehr als überraschen, wenn Sie das tatsächlich tun. Zumindest sehe ich Ihre Gemahlin hier nirgendwo.«

Seine neue Schwägerin, die Heinrich gerade erst in diesem Sommer geheiratet hatte, war eine schöne und hervorragend erzogene Frau, kein sentimentaler Trampel wie seine eigene ungewollte Königin, aber natürlich war ihm Heinrich nicht etwa dankbar. Henri, der Satansbraten, war nie angemessen dankbar, obwohl ihm Friedrich stets nur die richtigen Ratschläge hinsichtlich seines schrecklichen Geschmacks in geldverschwenderischen Männern gab, oder was seine sinnlose Rebellion betraf, oder seine anmaßende Forderung, sein eigenes Leben führen zu dürfen.

»Meine Gemahlin steht etwas später als die Vögel auf, Sire«, sagte Heinrich. »Außerdem haben Sie uns doch allen den Eindruck verschafft, dass Sie auf weiblichen Besuch in Sanssouci keinen Wert legen. Oder hat sich das etwa geändert?«

Friedrich hätte entgegen können, dass er für Familienmitglieder immer Ausnahmen gemacht hatte, aber hielt es nicht für wert, über diesen Punkt zu streiten. Wenigstens konnte ihn Heinrich für ein paar Minuten erfolgreich von Fredersdorff und der jungen Karoline Daum ablenken. Oder davon, dass Voltaire sich derzeit wie ein Schurke benahm statt wie der zweite Sokrates, der er für Friedrich doch sein sollte.

»Sie dürfen mit mir frühstücken«, sagte er. »Und dann verraten Sie mir, was Sie von mir wollen. Die Spannung bringt mich um.«

Friedrich trank seinen Kaffee stets so stark wie irgend möglich und mit Senfkörnern durchsetzt, was sein eigenes Rezept war. Außerdem konnte er auf diese Weise gleich prüfen, wie dringend Heinrich auf seine Hilfe angewiesen und wie unverschämt sein jüngerer Bruder gerade gesonnen war.

An diesem Morgen trank Heinrich seine Tasse in einem Zug aus.

»Es geht um einen Ihrer Günstlinge, wie?«, fragte Friedrich und fühlte sich bedeutend besser.

»Herr von Reisewitz hat ein paar unüberlegte Geschäfte getätigt«, gab Heinrich zu. »Aber er hat ein gutes Herz, und ich habe versprochen, ihm zu helfen.«

»Welcher von Ihren Lieblingen ist er? Der hinkende Ostpreuße, der immer Kuhaugen macht, wenn Sie in der Nähe sind, oder mein ehemaliger Page, den die Gonorrhö plagt?«, fragte Friedrich und wusste ganz genau, dass es sich um keinen von beiden handelte. Er war bis ins Detail über jeden von Heinrichs Freunden und Favoriten informiert.

»Herr von Reisewitz ist der Herr, den ich beauftragt habe, für mich die Umbauten und Neueinrichtung von Rheinsberg zu organisieren«, entgegnete Heinrich feindselig. »Da Euer Majestät mir die Erlaubnis, endlich dort leben zu dürfen, als Hochzeitsgeschenk erteilt hat. Er hat getan, worum ich ihn gebeten hatte, aber sich dabei mehrfach verrechnet, und ...«

»So, wie ich Rheinsberg hinterlassen habe, war es bereits vollkommen, also weiß ich nicht, warum es überhaupt neu eingerichtet werden musste. Henri, wenn Sie nicht für den Rest Ihres Lebens von hübschen Verschwendern ausgenommen werden wollen wie eine Weihnachtsgans, dann müssen Sie endlich lernen, wie man Nein sagt.«

Zu Friedrichs Überraschung reagierte Heinrich auf diesen Hohn nicht mit einem Zornesausbruch. Stattdessen wurde das Gesicht seines Bruders plötzlich ausdruckslos.

»Nun«, sagte er, »ich nehme an, ich hätte ihn stattdessen zu meinem Kammerdiener machen können. Oder zu meinem Schatzmeister. Oder zu meinem Geheimen Kämmerer. Oder ich hätte ihm ein großes Gut überschreiben können. Aber da mir keine Staatsmittel zur Verfügung stehen ...«

Einen Moment lang verschlug diese Unverschämtheit Friedrich

die Sprache. Dann entdeckte er, dass er von dem Impuls, Heinrich ins Gesicht zu schlagen, und von dem Gelächter, das in ihm aufstieg, hin- und hergerissen wurde. Letztlich war es sein Sinn für Humor, der ihn dauerhaft davor schützte, zu seinem Vater zu werden. Natürlich war jeder Vergleich zwischen Heinrichs elenden Favoriten und Fredersdorff lächerlich, aber er musste zugeben, dass Heinrich in ihrem verbalen Duell dennoch gerade einen guten Treffer gelandet hatte.

»Und der Staat wird Ihnen auch nie zur Verfügung stehen«, entgegnete er und zauberte ein Lächeln auf seine Lippen, während er seinen jüngeren Bruder betrachtete, den einzigen in ihrer Familie, der den Mut besaß, so mit ihm zu reden. »Wie gut für unser armes Preußen. Aber ich nehme an, deswegen sind Sie hier, also schlage ich vor, wir gehen endlich zu dem Teil unseres Gespräches über, in dem Sie mich um Geld anflehen. Oder steckt Reisewitz bereits im Schuldgefängnis und braucht stattdessen einen königlichen Gnadenerlass?«

Heinrich starrte ihn an. Dann entschied er offensichtlich, dass er sein Glück für heute ausgereizt hatte, und sagte leise: »Ich bitte Euer Majestät höchst untertänig um das Geld, das Herr von Reisewitz benötigt, um seine Schulden zu tilgen.« Als Friedrich eine Augenbraue hob und schwieg, fügte Heinrich hinzu: »Ich bitte von ganzem Herzen.«

»Na also. War das so schwer? Nennen Sie mir nur die genaue Summe«, sagte Friedrich wohlwollend und entdeckte, dass er diese geschwisterliche Begegnung zutiefst genoss. Schließlich hatte der Lümmel nichts anderes verdient. Zu unterstellen, dass Fredersdorff, der mehr als vier Adlige zusammen arbeitete, trotz seines fortschreitend schlechten Gesundheitszustands auch nur im Entferntesten mit den unverschämten Nichtsnutzen verglichen werden konnte, mit denen sein Bruder seine Zeit verschwendete!

Heinrich gehorchte. Der junge Reisewitz hatte einen kostspieligen Geschmack, aber, dachte Friedrich, es war die Sache nicht wert, jetzt auch noch um die Summe zu streiten. Schließlich hatte er noch echte Arbeit zu erledigen und konnte es sich nicht leisten, noch mehr Zeit mit seinem irritierenden jüngeren Bruder zu verbringen.

»Also gut. Ich werde Eichel anweisen, Ihnen das Geld zur Verfügung zu stellen«, sagte Friedrich, und beobachtete Heinrich dabei, wie sein Bruder sich erhob, vor Friedrich verbeugte und seinen Abschied nahm. Erst, als Heinrich die Tür erreicht hatte, fügte der König hinzu: »Aber gestatten Sie mir den Hinweis, dass es billigere Arten gibt, um sich von einem Kerl aufs Kreuz legen zu lassen, kleiner Bruder. Einige davon würden sogar sicher stellen, dass nicht die ganze Welt davon erfährt und über Sie beide lacht.«

»Wie geht es denn Monsieur de Voltaire?«, fragte Heinrich und entkam, ehe Friedrich noch einmal Atem holen konnte.

Der Rest des Tages verlief nicht besser.

Bis es Abend wurde und Friedrichs unterbittlicher Stundenplan Raum für etwas ließ, das nicht Regierungsarbeit war, hatte er beschlossen, dass strenge Maßnahmen gefragt waren, um wenigstens einem seiner derzeitigen Probleme ein Ende zu bereiten. Eigentlich hatte er nicht vorgehabt, Voltaire zu sehen, ehe nicht sein anonymes Pamphlet als Antwort auf Voltaires anonymes Pamphlet erschienen war, schon, um herauszufinden, ob von seinem Werk eine ernüchternde Wirkung auf Voltaire ausging, sodass sie wieder damit beginnen konnten, die gemeinsamen Stunden zu genießen. Aber nach Fredersdorffs Heiratsplänen und Heinrichs Unverschämtheit spürte Friedrich Zorn genug, um sich stattdessen für eine sofortige Tat zu entscheiden. Also ließ er Voltaire zu einem gemeinsamen Souper einladen.

»Monsieur«, sagte er, als der erste Gang serviert worden war, »ich habe ein kleines Dokument vorbereitet und wünsche, dass Sie es unterschreiben, damit wieder Frieden zwischen unseren Dichtern und Gelehrten herrschen kann.«

»Und da dachte ich, Sie seien in den Krieg vernarrt, Sire«, erwiderte Voltaire, warf einen Blick auf das Dokument und brach in Gelächter aus. »Ein gelungener Scherz, Euer Majestät!«

»Ich lerne von Ihnen. Unterschreiben Sie bitte«, sagte Friedrich, ohne zu lächeln. Auf dem Blatt Papier stand: »*Ich verspreche Seiner Majestät dem König, dass ich gegen keinen Mann Schriften verfassen werde, solange der König die Gnade hat, mich in seinem Palast logieren zu lassen; auch nicht gegen die Regierung von Frankreich, oder gegen seine Minister, oder gegen andere Herrscher, oder gegen andere Gelehrte, denen ich vielmehr den verdienten Respekt erweisen werde; ich werde auf gar keinen Fall die Briefe Seiner Majestät missbrauchen; und ich werde mich auf eine Art und Weise verhalten, die eines Gelehrten wert ist, der die Ehre hat, Kammerherr seiner Majestät zu sein, und der unter ehrlichen Männern lebt.*«

Voltaire glich für gewöhnlich einem dünnen Kobold mit einer altmodischen Perücke, wenn man nicht gerade seine Stimme hörte oder seinen Blick streifte; von beiden ging trotz allem immer noch ein Zauber aus. Jetzt ließ er seine Augen von dem Dokument zu Friedrich und zurück auf das Blatt wandern. Ein Teil Friedrichs war bewusst, dass er gerade den begabtesten Satiriker ihres Zeitalters, den einen Mann, der sich bisher noch über jede Autorität lustig gemacht hatte, aufgefordert hatte, ein anderer zu sein als der, welcher er war, und dass eine solche Forderung fruchtlos bleiben musste. Doch ein noch größerer Teil von Friedrich wollte Voltaire eine Lektion erteilen, und nicht nur Voltaire.

Endlich ergriff Voltaire den Federkiel, den Friedrich vorbereiten hatte lassen, und unterzeichnete. Das, dachte Friedrich, bewies, dass er in der Begegnung von Mann zu Mann doch ein Feigling und es daher richtig gewesen war, ihn mit diesem Dokument zu kommen.

»Nun verraten Sie mir doch, Sire«, sagte Voltaire, »wann der erste ehrliche Mann hier eintreffen wird, damit ich weiß, ab wann ich mein Verhalten zu ändern habe? Denn ich muss Ihnen leider mitteilen, dass mir bisher noch nie einer begegnet ist.«

Bis es Friedrich endlich gelang, einzuschlafen, musste es nach Mitternacht sein, und er war nur froh, dass der Tag endlich vorbei war. Der nächste konnte einfach nur besser werden.

Das dachte er, bis Fredersdorff sein Schlafgemach betrat und ihm mitteilte, dass er beabsichtige, zu heiraten.

* * *

Zuerst fragte Friedrich sich, ob Fredersdorff den Verstand verloren hatte. Vielleicht hatte ihm die Gesellschaft dieser jungen Frau auch einen Geschmack für schlechte Scherze verschafft. Dann wurde er besorgt und hielt es für möglich, dass Fredersdorff einen Schlaganfall erlitten hatte, der einen ganzen Tag in Fredersdorffs Gedächtnis gelöscht hatte. Schließlich war Fredersdorff tatsächlich dieser Tage ständig krank, und es stimmte, die Kur in Aachen schien daran nicht viel geändert zu haben. Aber Fredersdorff starrte ihn an, als ob er sich genau das Gleiche fragte, und als Friedrich die Briefe musterte, die Fredersdorff mit sich gebracht hatte, da erkannte er sie vom Vortag. Das war unmöglich. Die Briefe vom Vortag waren beantwortet und längst zu den Akten ins Staatsarchiv gebracht worden.

Als er sein Schlafgemach verließ, fand er Heinrich im Vorzimmer wartend vor; Heinrich sah genauso aus wie gestern.

»Wenn Sie noch mehr Geld für Ihren elenden Liebling wollen, dann lautet die Antwort Nein«, sagte Friedrich ungnädig und stapfte an ihm vorbei. Als er die Wachleute befragte, schienen sie alle den Eindruck zu haben, dass es sich um den Vortag handelte. War das eine Verschwörung, um ihn wahnsinnig zu machen?

Er ließ sich ein Pferd satteln und verließ Sanssouci so rasch wie möglich. Unglücklicherweise hatte jeder einzelne Bewohner von Potsdam, den er ansprach, den gleichen Eindruck, was das Datum betraf, bis auf einen betrunkenen Müller, der noch nicht einmal sicher war, dass man Oktober schrieb. Entweder gab es jemanden mit überragendem Organisationstalent, der halb Potsdam überzeugt hatte, sich auf einen sinnlosen Scherz einzulassen, oder er, Friedrich, hatte einfach schlecht geträumt. Gewiss, im letzteren Fall wäre es ein großer Zufall, dass Fredersdorff ihm tatsächlich von seiner Verlobung erzählte, aber es konnte sein, dass Friedrich nach Fredersdorffs Rückkehr aus Aachen etwas an ihm aufgefallen war, das erst sein Traum ihm klar gemacht hatte. Schließlich lebten sie bereits miteinander, seit Friedrich neunzehn Jahre alt war, und kannten sich durch und durch. Ja, so musste es sein. Friedrich glaubte nicht an prophetische Gaben, und er wusste, dass er selbst nicht in die Zukunft sehen konnte. Hätte er diese Gabe, dann wären gewisse Menschen noch am Leben, die nie hätten sterben dürfen.

Aber die Sache mit den Briefen nagte an ihm. Wie hatte er wissen können, welche Briefe genau Fredersdorff mit sich bringen würde? Außerdem war da noch der Zufall, dass sein Bruder Heinrich in beiden Fällen im Vorzimmer auf ihn gewartet hatte. Aber dieser Zufall erklärte sich leicht, denn Heinrichs entsetzlicher Geschmack in Liebhabern sorgte dafür, dass er immer wieder auf Hilfe angewiesen war.

Er beschloss, seine Theorien zu überprüfen, und lud Voltaire zum Souper ein.

»Ich habe ein kleines Dokument vorbereitet und wünsche, dass Sie es unterschreiben, damit wieder Frieden zwischen unseren Dichtern und Gelehrten herrschen kann«, sagte er, wartete und war zutiefst erleichtert, als Voltaire erwiderte: »Und da dachte ich, Euer Majestät würden nie um so etwas Ödes wie Waffenstillstand bitten.« Beim letzten Mal war Voltaires Antwort eine andere gewesen, also musste es sich doch um einen Traum gehandelt haben.

Unglücklicherweise hielt Friedrichs Erleichterung nicht lange an. Sowie Voltaire das Dokument durchgelesen hatte, brach er auf genau die gleiche Weise in Gelächter aus.

»Lassen Sie mich raten«, sagte Friedrich wütend. »Sie möchten wissen, wann der erste ehrliche Mann eintrifft, weil Ihnen bisher noch keiner begegnet ist.«

»Wie immer nehmen Sie mir das Wort aus dem Mund, Sire«, gab Voltaire zurück, und Friedrich hätte schreien mögen.

* * *

»Ich brauche keine neuen Ärzte, Sire, ich brauche ein Zuhause, in dem ich von einer Person gepflegt werde, die nicht mehr Geld verdient, je länger meine Leiden dauern«, sagte Fredersdorff. Inzwischen glaubte Friedrich wieder an eine Verschwörung. Dass ausgerechnet Fredersdorff sich an einer solchen Verschwörung beteiligte, brach ihm fast das Herz. Das hätte er nie für möglich gehalten. Aber er hätte ja auch nie gedacht, dass Fredersdorff heiraten würde wollen.

»Was du brauchst, ist etwas Dankbarkeit!«, brauch es aus Friedrich heraus. »Du hast doch geschworen, mir dein Leben lang zur Seite zu stehen! Und jetzt willst du dich irgendeinem Weibsbild anverloben, damit du ihr Geld und ihre Krankenpflege bekommst?«

»Sie wird mir dabei helfen, Ihnen länger zur Seite stehen zu können«, begann Fredersdorff, und Friedrich schüttelte seinen Kopf.

»Nicht, wenn du mit dieser lächerlichen Farce weitermachst«, zischte er und ging in sein Vorzimmer, wo sein Bruder Heinrich wartete, der übernächtig wirkte und seinen Mund öffnete, wohl in der Absicht, eine Frage zu stellen.

»Es würde mich nicht wundern, wenn das alles Ihre Idee war«, sagte Friedrich zu ihm. »Aber lassen Sie mich Ihnen eines versprechen, mein Bruder, mich wird niemand für verrückt erklären, mich nicht. Und selbst, wenn das geschähe, dann würde unser Bruder Wilhelm doch nicht die Regentschaft übernehmen. Das habe ich in meinem Testament so geregelt!«

Das stimmte nicht, und außerdem hielt es Friedrich insgeheim für wahrscheinlicher, dass es sich um einen langen schlechten Scherz handelte, nicht um eine Intrige, um ihn zu stürzen. Aber er wollte sehen, wie Heinrich auf diese Anschuldigung reagierte.

»Das geht selbst für Ihre Maßstäbe zu weit«, sagte Heinrich, machte auf dem Absatz kehrt und verließ ohne weiteren Kommentar das Schloss.

Diesmal versuchte Friedrich gar nicht erst, Voltaire zu überprüfen.

Stattdessen schluckte er seinen Stolz hinunter und besuchte die eine Person, der er sonst tunlichst aus dem Weg ging. Unglücklicherweise handelte es sich auch um den einen Menschen, den er für unfähig hielt, ihn anzulügen.

»Sire«, sagte seine Gemahlin, als er in Schönhausen eintraf, dem Palast, den er ihr geschenkt hatte, staubig und müde nach seinem langen Ritt. Sie lachte und weinte gleichzeitig; auf ihren Wangen zeigten sich rote Flecken. Warum hatte sie sich nur in ihn verlieben müssen? Sein Vater hatte sie für ihn ausgewählt, und es wäre so viel leichter gewesen, wenn Friedrich sie als Feindin hätte behandeln können. Stattdessen hatte sie immer alles getan, was er nur je von ihr wollte, außer, eben nicht seine Ehefrau zu sein. So blieb sie das Symbol des endgültigen Sieges, den sein Vater über ihn errungen hatte.

»Madame«, sagte Friedrich und verbeugte sich vor ihr, womit er ihren Versuch umging, ihn zu umarmen, ohne dabei zu grob zu ihr zu sein.

Elisabeth Christines kleiner Hofstaat starrte ihn an, was Friedrich nicht weiter wunderte. Schönhausen besuchte er sonst nie. Bei den wenigen Gelegenheiten im Jahr, an denen eine Begegnung mit seiner Frau unumgänglich war, besuchte sie sonst ihn. Der Anblick ihres jungen humpelnden Kammerherren und seines Gehstocks erinnerte ihn daran, dass dies einer von Heinrichs Bewunderern war, und das besserte seine Stimmung nicht gerade.

»Madame, es gibt etwas, über das ich mit Ihnen reden muss.«

Nun schaute jeder drein, als ob vor ihnen der Blitz eingeschlagen hätte. Aufgeregtes Gemurmel begann, als er sich mit Elisabeth Christine in das nächste Kabinett zurückzog.

»Sie müssen mir versprechen, niemanden gegenüber zu erwähnen, wonach ich Sie gleich fragen werde, Madame.«

»Das verspreche ich gerne und von Herzen«, sagte sie und strahlte vor Freude. Gott helfe ihm. »Sie wissen doch, dass Sie mir vertrauen können, Sire.«

»Um welchen Tag handelt es sich, Madame?«

Nach einigen besorgten Fragen hinsichtlich seiner Gesundheit gelang es ihm, die Unterhaltung wieder auf das Datum zu lenken. Elisabeth Christine, so schien es, war fest davon überzeugt, dass es sich um den gleichen Tag handelte, an dem Fredersdorff zuerst seine Heiratsabsicht erklärt hatte: den vierzehnten Oktober im Jahr 1752. Von Fredersdorffs Eheplänen wusste sie im Übrigen nichts. Dafür hatte selbst sie von Voltaires unangebrachter Fehde mit Maupertuis gehört, dem Präsidenten von Friedrichs Akademie der schönen Künste, und wie diese Fehde zu einem Streit zwischen Friedrich und Voltaire geführt hatte.

»Es tut mir leid, Sire«, sagte sie und klang so, als meinte sie es. »Ich weiß, wie sehr Sie sich darauf gefreut hatten, ihn bei sich zu haben.«

Ausgerechnet von Elisabeth Christine bemitleidet zu werden – wie viel tiefer konnte er sinken? Nun, wenigstens wusste er jetzt, dass keine Verschwörung gegen ihn in Gang war. Sie wäre nie fähig, ein solches Wissen vor ihm zu verbergen. Damit blieb leider nur noch eine Möglichkeit übrig: Aus irgendeinem Grund war Friedrich in einem Tag gefangen, der sich ständig wiederholte. Und er hatte nicht die geringste Ahnung, wie er sich aus diesem Tag befreien sollte.

* * *

»Euer Majestät«, sagte Fredersdorff, »schauen Sie mich an.« Friedrich tat es. Fredersdorff war immer ein gut aussehender Mann gewesen, selbst jetzt noch, wo er über die Jahre an Gewicht verloren hatte. Man konnte Falten in seinem Gesicht sehen und einige Altersflecken auf seinen Händen.

»Ich dachte, dass es immer du und ich sein würden«, sagte Friedrich. »Wir beide zusammen. Dass wir gemeinsam altern würden. Wie kannst du dieses Versprechen nur brechen? Und erzähl mir nicht, dass du nur eine Pflegerin brauchst. Wenn du eine Pflegerin brauchst, dann stell eben eine verfluchte Pflegerin ein. Ist das Geld dir wirklich so wichtig, ihres und deines? Ich habe nie gedacht, dass du so gierig sein würdest. Ich weiß, dass ich dir seinerzeit gesagt habe, du könntest Bestechungsgelder ruhig annehmen, solange du mich darüber informierst. Aber all das Geld hat dir nicht gutgetan. Es lässt dich vergessen, was wirklich zählt.«

Fredersdorff schien erschüttert zu sein. Er biss sich auf die Lippe, was ihm nicht ähnlich sah. Dann sagte er sehr leise: »Du bist nie arm gewesen, Fritz. Aber ich sehr wohl. Und ich werde nie wieder arm sein. Weder ich noch irgendjemand sonst, an dem mein Herz hängt. Der, dem mein Herz vor allem gehört, das bist du. Ich hoffe, das weißt du.«

Es lag eine ganze Weile zurück, dass Fredersdorff seinen Namen so benutzt und ihn geduzt hatte, und Friedrich entdeckte, dass es ihn ein wenig beruhigte. Vielleicht lag es an dem Ton von Fredersdorffs Stimme, wenn er so zu ihm sprach. Aber der Dorn befand sich immer noch in Friedrichs Herzen.

»Ich wollte nie einer der Menschen sein, an denen dein Herz hängt«, sagte er. »Ich wollte der einzige sein. Ich dachte, das wäre ich.«

Unter gewöhnlichen Umständen hätte er es nicht über sich gebracht, etwas in dieser Art laut auszusprechen, selbst Fredersdorff gegenüber nicht. Aber Fredersdorff würde alles wieder vergessen, sobald der Tag vorbei war, und daher konnte Friedrich ihm dieses Geständnis machen. Nachdem er es gesagt hatte, schaute Fredersdorff wieder überrascht drein, dann nachdenklich. Dann grub sich eine Linie zwischen seine Augenbrauen. Das war neu.

»Heraus damit«, sagte Friedrich. »Was denkst du gerade?«

»Ich war nie der Einzige für dich«, sagte Fredersdorff ruhig, verbeugte sich und ging.

Das stimmte natürlich. Zwar stand ihm niemand näher als Fredersdorff, aber Friedrich hatte auch andere geliebt, nicht mitgerechnet jene, die ihn nur für kurze Zeit unterhalten hatten. Es war nicht so, dass er sich nicht körperlich beherrschen konnte. Er war nicht Heinrich. Aber er konnte nicht leben, ohne geliebt zu werden. Das schuldete ihm das Leben nach fast drei Jahrzehnten mit einem Vater, der so gut wie alles an Friedrich gehasst hatte, und einer Mutter, die ihn zwar liebte, aber nur so lange, wie er eine Waffe gegen ihren Ehemann darstellte.

Fredersdorff verstand das, so hatte Friedrich bisher angenommen. Fredersdorff litt nicht darunter.

Zum ersten Mal kam ihm in den Sinn, dass er vielleicht die Anzeichen von Fredersdorffs Absicht, zu heiraten, übersehen hatte, weil er sich im letzten Jahr ganz und gar auf Voltaire konzentriert hatte.

Friedrich überzeugte seinen Sekretär und seine Dienerschaft davon, dass er krank sein müsse, als er ihnen mitteilte, heute nicht zu arbeiten, und befahl noch einmal, ihm ein Pferd zu satteln. Erst, als er bereits auf dem Weg zum Anwesen der Daums war, wurde ihm bewusst, dass er heute Morgen Heinrich nicht im Vorzimmer entdeckt hatte, was das Muster jeden Tages brach. Aber dann vergaß er diesen Umstand wieder, denn er hatte beschlossen, dass er sich die junge Frau mit einem Kopf für das Geschäft und einem Talent für Krankenpflege vornehmen würde. Ihr Vater, der Bankier, hatte Friedrichs verstorbenen Vater zu dessen Lebzeiten ein paarmal in seinem Haus zu Gast gehabt, denn es handelte sich bei ihm um ein löbliches Beispiel brandenburgischen Unternehmertums, und so wusste Friedrich in etwa, wo Daum lebte. Ihn überraschte nicht, dass Daum trotz all seines Wohlstands in einem Haus lebte, dass ihn an die strengen Bürger Hollands erinnerte. Gegen seinen Willen musste er an die Zeiten in Wusterhausen denken, dem Lieblingsanwesen seines toten Vaters, an die bescheidene Kleidung, die seine Schwestern dort hatten tragen müssen, als ihm das Mädchen endlich vorgeführt wurde, während ihre Eltern und die Dienerschaft vor Aufregung darüber, ihren Herrscher vor sich zu sehen, fast vergingen. Im Gegensatz zu Friedrichs Schwestern, die wie der Rest ihrer Familie entweder klein oder nur mittel gewachsen waren, war diese junge

Frau von großer Statur, bemerkte Friedrich missbilligend. Zwar war sie nicht so hochgewachsen wie Fredersdorff selbst, doch als sie sich aus ihrem Knicks erhob, überragte sie Friedrich genug, um auf ihn herabzuschauen.

Ihre Gesichtszüge waren regelmäßig und angenehm. Sie hatte tiefblaue Augen, wie Friedrich selbst.

»Euer Majestät ehrt uns zutiefst«, sagte sie. Eine musikalische Stimme besaß sie auch noch. Nun gut. Bei ihrem Geld und mit diesem Aussehen hätte sie gewiss andere Freier als Fredersdorff haben können. Ihr Vater wäre sogar in der Lage, ihr einen Titel zu kaufen. Vielleicht, dachte Friedrich höhnisch, sollte er Daum raten, das Mädchen mit Heinrichs Herrn von Reisewitz zu verheiraten, dem Geldverschwender.

»Der Geheime Kämmerer Fredersdorff hält viele Stücke auf Sie, Demoiselle«, sagte Friedrich abrupt.

Errötete sie? Nein, das tat sie nicht.

»Das zu hören, macht mich froh, Euer Majestät. Von Euch spricht er als dem besten aller Könige, und dem liebsten Herrn, dem je ein Mensch dienen könne«, entgegnete sie. Ihr Vater strahlte und wirkte gleichzeitig ein wenig nervös. Vielleicht erinnerte er sich noch daran, wie Friedrichs Vater »Alle Frauen sind Huren!« gebrüllt hatte.

»Dann hat er von uns beiden eine gute Meinung«, sagte Friedrich und wünschte sich, sie würde wenigstens unbeholfen wirken wie Elisabeth Christine damals, als er seine Braut zum ersten Mal zu Gesicht bekam.

»Mehr könnte ich mir nicht wünschen, Sire.«

»Wirklich nicht?«, fragte er und dehnte das Wort aus. *Vrai-ment.* Wenigstens sprach sie Französisch. Anders als Fredersdorff. »Und da dachte ich, Sie wären drauf und dran, mir meinen treuen Diener wegzunehmen, Demoiselle«, fuhr er mit einem leichten Lächeln auf den Lippen und nicht der geringsten Belustigung in seinem Herzen fort. Der alte Daum strahlte weiter nervöse väterliche Freude aus. Die Mutter kicherte sogar, weil der König sich so volksnah gab.

Das Mädchen Karoline jedoch blieb ernst. »Das könnte ich nie, Euer Majestät. Wie wäre es möglich, dass ich nehme, was immer nur Euch gehört hat und immer nur Euch gehören wird? Aber ich hoffe darauf, seine Gefährtin auf dem Weg zu werden, den das Leben für ihn vorgesehen hat. Um ihm diesen Weg zu erleichtern und dabei zu helfen, um Euch desto besser zu dienen.«

Entweder hatte man sie gut vorbereitet oder sie war tatsächlich so klug und gewandt.

»Wir werden sehen«, sagte Friedrich, tauschte noch ein paar freundliche Nichtigkeiten mit den Eltern aus und verabschiedete sich.

Auf dem Weg zurück nach Sanssouci ritt er zu schnell. Inzwischen herrschte Dämmerung, und sein Pferd stolperte über einen Baumstumpf, oder über ein anderes Hindernis. Er stürzte, brach sich den Hals und starb. Das Ende kam schnell. In den Sekunden vor seinem Tod sah er keinen der Menschen, die er liebte.

Aber am nächsten Morgen wachte er wieder mit Kopfschmerzen auf. Und Fredersdorff trat ein, um ihm von seinen Heiratsplänen zu erzählen.

* * *

»Monsieur«, sagte Friedrich zu Voltaire, »wenn ich Ihnen sagte, dass sich für mich ständig der gleiche Tag wiederholt, würden Sie mir glauben?«

»Für Sie mag das der Fall sein, aber für mich nicht«, entgegnete Voltaire. »Ich wiederhole mich nie, Sire.«

Das stimmte tatsächlich. Der Kern seiner Unterhaltung mit Voltaire blieb zwar der gleiche, aber der genaue Wortlaut veränderte sich mit jedem Tag. Das war bei keinem anderen Menschen der Fall, vorausgesetzt, Friedrich sagte zu ihnen dasselbe wie am Vortag. Mutmaßlich lag das an Voltaire. So sehr Friedrich ihm derzeit zürnte, so wenig war er je von der Überzeugung gewichen, dass es sich bei Voltaire um ein Genie handelte.

»Jeder sonst wiederholt sich«, seufzte er.

»Das Gefühl kenne ich«, stimmte Voltaire zu. Was Friedrich nicht im Geringsten weiterhalf.

Er versuchte sein Glück auch bei Maupertuis, der ihm als Wissenschaftler doch hätte wissenschaftlichen Rat erteilen sollen. Aber Maupertuis litt gerade an einer Grippe, nieste nur die ganze Zeit und drückte seine Überzeugung aus, dass es Voltaire durch seine Bösartigkeit gelungen sei, Friedrich den Verstand verlieren zu lassen, und wenn dem so wäre, könne man dann Voltaire mindestens einsperren, wenn nicht gar hinrichten lassen?

Manchmal war Maupertuis erstaunlich blutgierig.

Trotzdem, es musste eine wissenschaftliche Erklärung dieses Phänomens geben. Friedrich weigerte sich, irgendeinen abergläubischen Unsinn in Erwägung zu ziehen. Aberglauben war die Sache seiner Erzfeindin, Maria Theresia von Österreich, die einfach nicht akzeptieren wollte, dass er ihr Schlesien für immer weggenommen hatte. Früher oder später würde sie ein weiteres Mal versuchen, ihre ehemalige Provinz wiederzugewinnen, das wusste er. Zweifellos hätte es Maria Theresia größtes Vergnügen bereitet, ihn in einen Tag einzusperren, der sich endlos wiederholte, aber man musste schon eine abergläubische Katholikin wie sie selbst sein, um dergleichen Dinge für möglich zu halten. An die Pastoren, die noch aus der Zeit von Friedrichs Vater in Potsdam lebten, würde sich Friedrich gewiss nicht wenden.

In dieser Nacht beschloss er, wach zu bleiben, um so das Muster zu brechen. Mit schlaflosen Nächten kannte er sich aus. Als er noch Anfang zwanzig war, da war es ihm einmal gelungen, vierzehn Tage hintereinander wach zu bleiben. Friedrich versorgte sich mit genügend Kaffee, um sein Herz in ein Rennpferd zu verwandeln. Leider wirkte all der Kaffee diesmal etwas zu gut, und er hatte einen Herzinfarkt. Als er erwachte, entdeckte er, dass er in seinem Bett lag, in ein Nachthemd gekleidet. Sein Bett war gründlich durchschwitzt, und er hatte Kopfschmerzen.

Er stand auf, obwohl es noch dunkel war. Als Fredersdorff eintrat, war Friedrich bereits vollständig angekleidet und sprach nicht mit ihm. Stattdessen stapfte er sofort in das Vorzimmer und rannte beinahe in seinen jüngeren Bruder.

»Henri, wenn ich Ihnen verspreche, die Schulden jedes einzelnen Mannes zu begleichen, der es Ihnen besorgt hat, versprechen Sie mir dann, mich nie wieder mit Ihren Liebesgeschichten zu behelligen?«

»Seit dem ersten Morgen habe ich Sie um kein Geld mehr gebeten«, gab Heinrich zurück. »Aber danke für das Angebot. Ich würde es ja annehmen, aber ich bezweifle, dass Sie innerhalb eines einzigen Tages so viel Geld auftreiben könnten.«

Friedrich war berühmt für seine schnellen Reaktionen auf dem Schlachtfeld, aber trotzdem brauchte er eine Weile, ehe er begriff, was ihm Heinrich da gerade gesagt hatte. Dann griff er sich seinen Bruder und zerrte ihn in seine Bibliothek, die so gebaut war, dass er sich dort vor aller Welt abschotten konnte.

»Wer hat Ihnen davon erzählt?«, fragte Friedrich. »Voltaire? Maupertuis? Ich dachte, die glauben mir nicht.«

Heinrich schüttelte den Kopf. »Es ist noch nicht einmal sieben Uhr morgens, Sire«, sagte er. »Was auch immer Sie Voltaire und Maupertuis gestern erzählt haben, das haben sie längst wieder vergessen. Auch das, was ich ihnen erzählt habe, denn ich habe ebenfalls versucht, von Maupertuis Hilfe zu erlangen. Ich weiß Bescheid, weil sich der Tag für mich ebenfalls wiederholt.«

Erst jetzt erinnerte sich Friedrich daran, dass Heinrich sich an dem Tag von Friedrichs Besuch bei Karoline Daum nicht im Vorzimmer befunden hatte. Dass er nicht mehr jeden Morgen gleich aussah. Ihm hätte früher klar sein sollen, was das bedeutete. Heinrich hatte es offensichtlich schneller erkannt, und das ärgerte Friedrich und jagte gleichzeitig neue Lebenskraft durch seine Adern. Sein kleiner Bruder sollte zu keinen schnelleren Denkleistungen als Friedrich selbst in der Lage sein. Andererseits war es eine unglaubliche Erleichterung, endlich nicht mehr allein in diesem Wahnsinn zu stecken.

»Wie ist es Ihnen gelungen ...«

Heinrich schaute entschieden zu selbstgefällig drein. »Zuerst hielt ich die Ereignisse für einen Ihrer sogenannten Scherze, oder für eine andere Methode von Ihnen, um mir eine Lektion zu erteilen«, sagte er. »So wie meine Heirat. Aber Sie waren viel zu wütend dafür, dass es sich um einen Scherz handeln sollte, und außerdem würden Sie meinetwegen nie so viele Wiederholungen inszenieren. Also musste sich der Tag für Sie ebenfalls wiederholen. Zuerst habe ich darauf gehofft, dass dies auch auf andere Menschen zuträfe, aber ...« Er zuckte die Achseln. »Bisher hat sonst niemand bemerkt, dass der vierzehnte Oktober sich ständig wiederholt.«

»Sie nehmen das Ganze erstaunlich gelassen auf«, sagte Friedrich langsam.

»Oh, zuerst habe ich meinen Zorn in alle Winde gebrüllt«, gab Heinrich zurück. »Mit Ihnen gemeinsam für alle Ewigkeit eingesperrt zu sein, ist meine Vorstellung von der Hölle. Aber Herumbrüllen bringt uns nicht weiter, also ...« Er schaute zu Friedrich. »Hier bin ich. Sire. Mein teuerster Bruder. Und stehe Ihnen zu Diensten.« Er verschränkte seine Arme. »Vielleicht gelingt es uns gemeinsam, aus diesem Zeitgefängnis auszubrechen.«

* * *

Das dreizehnte Kind seiner Eltern war nie dumm gewesen, das hatte Friedrich immer gewusst, aber nun fand er sich widerwillig beeindruckt von der Art, wie sein jüngerer Bruder nicht nur kühlen Kopf in einer Krise behalten konnte, sondern die Art von leidenschaftsloser, sachlicher Analyse vorbrachte, wie er sie in seinem Privatleben nie gezeigt hatte.

»Es muss einen gemeinsamen Nenner geben, einen Grund«, sagte Heinrich, während sie im herbstlichen Weinberg von Sanssouci spazieren gingen und Friedrichs Hunde um sie herumsprangen. »Warum ausgerechnet wir beide uns erinnern, aber niemand sonst. Wenn wir den Grund finden, dann wird er uns zu der Lösung führen. Aber die Antwort kann nicht in unserer Verwandtschaft liegen. Ich habe Wilhelm zweimal alles erzählt, und jedes Mal denkt er, dass ich Witze mache.«

Natürlich hatte sich Heinrich zuerst an Wilhelm gewandt, dachte Friedrich und war überrascht, wie ihn das ärgerte. Ihr Bruder Wilhelm, Friedrichs nächstälterer Bruder und daher sein designierter Nachfolger als König von Preußen, war nicht nur Heinrichs Lieblingsbruder, sondern überhaupt jedermanns Liebling, sogar der ihres verstorbenen Vaters. Der gutmütige Wilhelm, der derzeit nur Maskenbälle plante und Heinrichs neuer Gattin den Hof machte, weil Friedrich nicht die Absicht hatte, seinen jüngeren Brüdern je wichtiger Aufgaben als das Drillen von Regimentern zu übertragen. Als er selbst Kronprinz gewesen war, da hatte er zu einem viel zu hohen Preis gelernt, dass man in diesem Land entweder alle Macht hatte oder gar keine. Und Friedrich hatte nicht die Absicht, je wieder machtlos zu sein.

Allerdings war ein Verbündeter in einer verzweifelten Situation durchaus nützlich.

»Wie hat der Tag für Sie angefangen?«, fragte er. »Der erste Tag.«

»Reisewitz hatte mir am Vortag von seinen Schulden erzählt«, erwiderte Heinrich. »Zuerst ließ ich mir andere Möglichkeiten durch den Kopf gehen, aber im Grunde war mir klar, dass ich Sie um das Geld würde bitten müssen.« Er warf Friedrich einen feindseligen Blick zu. »Sie haben das Gesetz unseres Vaters nie aufgehoben, das es verbietet, an Prinzen von Geblüt Geld zu verleihen. Jedenfalls dachte ich mir, dass ich mich am besten gleich in der Frühe in Potsdam einstelle, und bat Fredersdorff, mir ein Zimmer zum Übernachten zu geben. Ich war überrascht, als er nicht sagte, da müsse er Sie zuerst um Erlaubnis fragen, aber er hatte wohl andere Dinge im Kopf und war gleich einverstanden. Ich muss eingeschlafen sein, denn dann begann es. Vor der Morgendämmerung bin ich mit Kopfschmerzen aufgewacht, habe mich angekleidet und in Ihrem Vorzimmer eingestellt. Seit diesem Morgen bin ich immer auf die gleiche Weise aufgewacht.«

Friedrich dachte daran, wie er sein anonymes Pamphlet als Antwort auf Voltaires anonymes Pamphlet fertig zur Veröffentlichung gemacht hatte, ehe die Zeit aus den Fugen geriet. Er dachte auch an Heinrichs Frage, wie es denn Monsieur de Voltaire gehe, als Antwort auf Friedrichs Spott über Günstlinge, die einen aufs Kreuz legten. Aber solche Günstlinge zu haben, langte doch gewiss nicht als Gemeinsamkeit, um diesen Wahnsinn auszulösen!

Erst, als Heinrich sagte, »Nein, das glaube ich auch nicht«, wurde Friedrich bewusst, dass er den letzten Satz laut ausgesprochen haben musste. Wenn das alles erst vorbei war, musste er sich wieder besser beherrschen. Die Welt niemals merken zu lassen, was er gerade dachte, war für sein Überleben unabdinglich.

»Fahren Sie mit Ihrem Bericht fort«, murmelte er. Heinrich zu behandeln, als sei er ein Fähnrich beim Rapport, machte wenigstens klar, dass sie auch unter diesen besonderen Umständen mitnichten gleichgestellt waren.

»Ich ging zurück nach Berlin, um Reisewitz wegen seiner Schulden zu beruhigen«, sagte Heinrich und zögerte ein wenig, ehe er fortfuhr: »Er war ... beschäftigt, als ich ihn fand.«

»Das überrascht mich nicht im Geringsten«, sagte Friedrich trocken, denn was Heinrich damit meinte, war ihm sofort klar, und er dachte zurück an seinen alten Pagen Marwitz, der sich nichts dabei gedacht hatte, gleichzeitig Heinrich zu entjungfern und mit seinem Monarchen zu kokettieren. »Sie haben den schlechtesten Geschmack der Welt, Henri. Sie sollten endlich auf mich hören. Wenigstens können Sie sich damit trösten, noch weitere Favoriten zur Hand zu haben. Es ist ja nicht so, als ob Sie sich selbst in den letzten Jahren je auf nur einen Bewunderer beschränkt hätten.«

»Wie wir alle in Preußen, folge ich nur dem Vorbild meines Königs«, sagte Heinrich bissig. Friedrich öffnete den Mund, um seinen Bruder davor zu warnen, nach dem Unmöglichen zu streben, als sein Bedürfnis danach, sich weiter mit Heinrich Wortgefechte zu liefern, plötzlich von einer Erinnerung erstickt wurde – der Erinnerung daran, wie Fredersdorff sagte: »Ich war nie der Einzige für dich.«

Ganz gleich, wie selbstsicher Heinrich sich gab, Friedrich wusste genau, wie sein jüngerer Bruder es hasste, ihn um etwas bitten zu müssen. Wenn er sich dieses Reisewitz wegen vor Friedrich gedemütigt hatte, musste ihm wirklich etwas an dem Mann liegen, und es hatte ihn mit Sicherheit verletzt, ihn in den Armen eines anderen zu finden. Natürlich war das nicht längst so schmerzhaft, wie erleben zu müssen, dass der Gefährte von mehr als zwei Jahrzehnten einen um die Erlaubnis zur Ehe bat, aber ... vielleicht gab es da doch eine winzige Gemeinsamkeit.

Friedrich schloss seinen Mund wieder und schluckte den Spott hinunter, der ihm auf der Zunge gelegen hatte.

»Wie ich höre, stattet der Geheime Kämmerer Fredersdorff Daums Tochter Besuche ab«, murmelte Heinrich, der Friedrich genau beobachtete. Auf seinem Gesicht stand die gleiche Erkenntnis geschrieben, die Friedrich gerade gekommen war. Ihn anzuschauen, war, als starre Friedrich in einen jüngeren Spiegel. Das war auch in guten Zeiten schwer erträglich, und diese Zeiten waren nicht gut.

»*Nein*«, sagte Friedrich, und er meinte nicht Fredersdorffs Eheabsichten. »Die Welt hört nicht auf, sich zu drehen, nur, weil Sie und ich durch einige ... Gefühlsverwirrungen gehen.« Wenn das möglich wäre, dachte Friedrich, dann wäre es nicht im Oktober geschehen, sondern an einem Tag im November, als man Katte vor seinen Augen hingerichtet hatte. »So schlecht ist das Universum nicht eingerichtet.« An die Unsterblichkeit der Seele glaubte er nicht, aber er glaubte an einen Schöpfer und seine Schöpfung.

Heinrich schnitt eine Grimasse. »Wahrscheinlich nicht. Als ich es noch für möglich hielt, dass es sich um einen Ihrer Scherze handelte, da ging ich zu der einen Person, von der ich wusste, dass sie mich nie anlügen würde ...«

Das wurde allmählich unheimlich. Friedrich erinnerte sich an Elisabeth Christines glückliches Gesicht.

»Ihre Gemahlin?«

Mit einem Mal kehrte die alte Abneigung in Heinrichs Blick zurück. »Nein«, sagte er scharf. »Ich spreche von Graf Lehndorff. Den Kammerherren *Ihrer* Gemahlin.«

Der hinkende Ostpreuße, der sich aus irgendwelchen Gründen verhielt, als sei Heinrich die Sonne und der Mond in einer Person.

»Und was für tiefschürfende Erkenntnisse verschaffte Ihnen diese Unterredung?«, fragte Friedrich ungeduldig.

»Er erzählte mir jeden Tag genau das Gleiche, als ich ihn nach dem neuesten Klatsch fragte«, erwiderte Heinrich. »Der älteste Mann von Berlin, ein Arbeiter namens Abraham Roich, liegt mit 104 Jahren auf seinem Sterbebett. Der neue französische Botschafter hat eine Affäre mit La Reggiani begonnen. Und wir haben einen neuen Alchemisten in der Stadt, den Grafen von Saint-Germain, der behauptet, das Geheimnis der Unsterblichkeit entdeckt zu haben. Als ich ihm von Reisewitz erzählte, da antwortete er jedes Mal auf die gleiche Art und mit dem gleichen Satz. Graf Lehndorff ist nicht fähig zu dieser Art von Täuschung, und so wusste ich es – jedenfalls frage ich mich nun, ob es nicht einen Versuch wert sein könnte, diesen Alchemisten zu konsultieren.«

»Und da dachte ich schon, Sie hätten Ihre jugendlichen Illusionen hinter sich, Henri«, sagte Friedrich mit einem Naserümpfen. »Ein Alchemist? Ist das Ihr Ernst? Wo uns eine ganze Akademie der klügsten Wissenschaftler zur Verfügung steht?«

»Wie Sie mir selbst berichteten, Sire, hat der Präsident dieser Akademie nichts Gescheiteres vorschlagen können, als Voltaire umzubringen«, sagte Heinrich kühl. »Außerdem haben weder Sie noch ich derzeit Besseres zu tun.«

Damit hatte er auch wieder recht. »Gewiss, aber meine Meinung von Alchemisten war nie besonders gut. In den letzten Jahren hat Fredersdorff jeden einzelnen konsultiert, der seinen Weg nach Berlin fand, und nie etwas davon ...« Friedrich unterbrach sich, als ihm klar wurde, was er da sagte. Ihre Blicke kreuzten sich, und er wusste, dass Heinrich es ebenfalls bemerkt hatte.

»Vielleicht ist es einfach ein weiterer Zufall«, sagte Heinrich langsam.

»Das hoffe ich.«

* * *

Am gleichen Tag noch den sogenannten Graf von Saint-Germain aufzustöbern, erwies sich als unmöglich, obwohl sie immerhin ermitteln konnten, wo er sich am nächsten Morgen befinden würde. Das ließ Friedrich einen freien Abend, und er beschloss, die Gelegenheit zu nutzen, um ein weiteres Mal etwas loszuwerden, was sofort wieder vergessen würde. Diesmal galt es Voltaire, und er wartete nicht auf den ersten Gang ihres gemeinsamen Abendessens.

»Sechzehn Jahre«, sagte er. »Sechzehn Jahre lang standen wir im Briefwechsel, und gelegentlich geruhten Sie, mich zu besuchen. In dieser Zeit haben Sie sich ständig beschwert, was für mittelalterliche Verhältnisse in Frankreich noch herrschten, dass dort die Gedankenfreiheit unterdrückt würde, und darüber, wie man Sie nicht nur einmal, sondern zweimal in die Bastille gesperrt hat. Hier biete ich Ihnen die Möglichkeit, in meinem Königreich zu leben, wo jeder die Freiheit hat, so zu denken und zu glauben, wie er will, wo es jedermanns Privatsache ist, was er in seinem Bett tut, und wo wir das modernste Strafrecht Europas haben. Hier werden Ihre Dramen nicht der Zensur unterworfen, sie werden aufgeführt. Ihre Bücher werden gedruckt und veröffentlicht. Sie haben mir außerdem allen Grund zu der Annahme gegeben, dass meine Gesellschaft Sie nicht langweilt. Also warum um alles in der Welt, Monsieur, ruinieren Sie sich diese Existenz dadurch, dass Sie erst ein paar schäbige Geschäfte mit sächsischen Kriegsanleihen abschließen, und dann den armen Maupertuis attackieren, und das alles nur einer mathematischen

Theorie wegen, die Sie noch nicht einmal verstehen? Wenn ich von Ihnen fordere, dass Sie diese Angriffe einstellen sollen, was angesichts all dessen, was ich Ihnen biete, wirklich nicht zu viel verlangt ist, da verweigern Sie mir diesen kleinen Gefallen und fahren stattdessen mit Ihrem schrecklichen Benehmen fort! Können Sie mir nur einen guten Grund für dieses unsinnige Verhalten nennen, Monsieur de Voltaire, einen Grund, den ein vernünftiger Mann versteht?«

Voltaire hatte ihm schweigend zugehört und ihn nicht einmal unterbrochen, was selten war. Als Friedrich schließlich aufhörte, zu sprechen, da sagte er immer noch nichts, und das war noch seltener. Friedrich hatte erwartet, dass Voltaire behaupten würde, Maupertuis verdiene Friedrichs Gunst nicht, oder dass sich Voltaire wieder über Maupertuis' Theorien lustig machen würde, was Voltaire trotz seiner eigenen mangelnden mathematischen Kenntnisse oft genug tat, oder sogar, dass Voltaire die Angelegenheit mit den sächsischen Kriegsanleihen auf seine Geschäftspartner schieben würde, wie er das im Vorjahr getan hatte. Nichts davon tat Voltaire. Gerade, als Friedrich beschloss, Voltaires Schweigen als das Eingeständnis zu bewerten, dass er, Friedrich, im Recht war, da sprach der Dichter endlich wieder.

»Wenn Sie mich nach einem Grund fragen, Sire, den gibt es, und leider ist es das einzige Prinzip, dem ich mein Leben lang gefolgt bin. Ich mag es nicht, wenn andere Menschen von Tyrannen schikaniert werden.«

Der Zorn, der in Friedrich aufstieg, erstickte ihn beinahe. Unglücklicherweise würgte ihn die Verzweiflung mindestens gleichstark in der Kehle. Er brauchte nicht zu fragen, ob Voltaire Maupertuis meinte, der die Akademie zugestandermaßen mit strenger Hand regierte. Die Art, wie Maupertuis Samuel König aus der Akademie hatte werfen lassen, war Voltaires unmittelbarer Anlass für die Serie von beißenden Pamphleten gewesen. Doch nein, er wusste, dass Voltaire ihn selbst meinte, Friedrich. Dabei hatte er diesmal das Dokument gar nicht mitgebracht, in dem er Voltaire zur Einhaltung des Friedens verpflichtete, also konnte Voltaire nichts über dessen Existenz wissen. Und dennoch hatte er das gesagt.

Tyrannen, dachte Friedrich, Tyrannen waren Männer wie sein Vater, der Voltaire für eine derartige Äußerung hätte auspeitschen lassen. Also das war es, was Voltaire wirklich von ihm dachte. Er machte keinen Unterschied zwischen Friedrich und seinem Vater. Ganz gleich, welche Schmeicheleien er früher von sich gegeben hatte und in Zukunft noch aussprechen würde, das war die Wahrheit. Also gut. Voltaire verdiente es, auch umgekehrt eine Wahrheit zu hören.

»Ihre Werke verdienen es, dass man ihnen Statuen errichtet«, sagte Friedrich, »aber Sie, Sie verdienen es, dass man Sie in einen Misthaufen wirft. Sie haben ein verrottetes Herz.«

Im Kerzenlicht glänzten Voltaires Augen. »Wie seltsam, Sire. Ich war immer der Meinung, dass wir uns in jeder Beziehung gleichen.«

* * *

Heinrichs Freund war Saint-Germain selbst nicht begegnet, aber er hatte gehört, wo in Berlin der sogenannte Unsterbliche logierte, also ließ Friedrich am nächsten Morgen eine Kutsche für sich und seinen Bruder anspannen. Am Ende würden sie diesen »Grafen« mit sich bringen müssen, und dazu waren Reitpferde nicht geeignet.

»Es ist nur ein Vorschlag, Sire«, sagte Heinrich, »aber wie wäre es, wenn Sie mir die Gesprächsführung überlassen? Ihre eigene Taktik ist vielleicht zu sehr auf Angriff gerichtet für das, was nötig sein könnte.«

»Irgendwann müssen Sie mir einmal erklären, woher die hohe Meinung rührt, die Sie von Ihren eigenen taktischen Fähigkeiten besitzen«, gab Friedrich zurück. »Ich habe zwei Kriege gewonnen, und die Welt nennt mich bereits ›den Großen‹. Sie dagegen haben nie mehr geleistet, als im zweiten dieser Kriege mein Adjutant zu sein und sich nicht schon als Siebzehnjähriger in besagtem Krieg umbringen zu lassen.«

»Sie rührt daher, dass ich beobachten und lernen kann, Sire. Ihr Instinkt in jeder Lage ist es, anzugreifen. Aber wir werden jetzt gleich mit einem Mann reden, der Übung darin hat, auszuweichen und Lügen zu erzählen. Daher sind eindeutig andere Taktiken gefragt.«

»Ich gebe Ihnen zehn Minuten«, sagte Friedrich, aber es stellte sich heraus, dass keiner von ihnen eine Taktik nötig hatte. Saint-Germain, der gerade dabei war, hastig seine Sachen zu packen, warf nur einen Blick auf sie beide und rief aus: »Nun, das erklärt alles!«

»Klären Sie uns auf«, sagte Friedrich trocken.

»Ich wusste, dass irgendetwas mit dem Zauber schrecklich falsch gelaufen sein musste, als ich mit Kopfschmerzen statt mit dem Wissen um Vollendung erwacht bin, aber mir war nicht klar, worum es sich handelte. Ich wusste nur, dass dies nicht der erste Tag sein kann. Ich wette, wir haben diese Unterhaltung schon öfter geführt.«

»Nein, bisher noch nicht«, sagte Heinrich. »Und das wüssten wir. Wir erinnern uns nämlich an jeden einzelnen sich wiederholenden Tag. Wenn Sie nun wissen, dass es geschieht, aber sich trotzdem nur an die letzten paar Stunden erinnern können, dann müssen Sie dem Phänomen auch unterworfen sein.«

Saint-Germain stöhnte. »Sie können sich nicht vorstellen, wie peinlich mir das ist, Euer Majestät.«

»Er ist nicht der König«, sagte Friedrich irritiert. »Ich bin es.«

Saint-Germain zuckte mit den Achseln. »Aber er ist Ihr zweites Ich. Das ist das Problem. Ich habe den Spiegel auf Ihre Seele eingerichtet, als ich den Zauber entwarf, und ich hatte keine Ahnung, dass es zwei davon gibt. Trotzdem, es hätte nicht geschehen sollen, es sei denn, Sie waren beide im gleichen Gebäude und in der gleichen seelischen Lage dazu.«

Am liebsten hätte Friedrich laut protestiert, dass er weder an Magie glaubte noch an Zwillingsseelen, und dass er Saint-Germain ins Gefängnis werfen lassen würde, wenn er nicht bald eine bessere Erklärung bekäme, aber Heinrich legte ihm tatsächlich eine Hand auf den Arm. Das war das erste Mal, dass sein jüngerer Bruder ihn von sich aus berührt hatte, ohne gesellschaftlich dazu gezwungen zu sein, und es überraschte Friedrich so sehr, dass er still blieb.

»Das waren wir«, sagte Heinrich ruhig. »Ich nehme an, dass keiner von uns beiden etwas von dem sich wiederholenden Tag bemerken sollte, Sie dagegen schon. Außerdem bezweifle ich, dass der Tag sich so oft wiederholen sollte, wie er es bereits tat. Wenn das alles unbeabsichtigte Folgen waren, Monsieur, dann gestatten Sie mir doch die Frage, was eigentlich das Ziel Ihres Vorgehens war, und auf wessen Bitte hin es geschah?«

Plötzlich schaute Saint-Germain vorsichtig drein. »Ich verrate meine Kunden nie«, sagte er. »Sonst hätte ich bald keine mehr.«

»Ah, aber in diesem Fall wäre weiteres Schweigen Ihrerseits der Verrat«, entgegnete Heinrich glatt. »Das würde uns nämlich zwingen, bei unserer eigenen Schlussfolgerung zu bleiben, die da lautet: Ihr gegenwärtiger Kunde ist der Geheime Kämmerer Fredersdorff. Und wie ich schon sagte – der König und ich vergessen nichts. Wenn wir das Schlimmste annehmen, würde es dem Geheimen Kämmerer nur schaden.«

Saint-Germain seufzte. »Nun, das wäre ein Jammer«, gestand er ein. »Da er mir nur die Hälfte von dem gezahlt hat, was ausgemacht war. Der Rest sollte dann kommen, wenn die Angelegenheit abgeschlossen wäre.«

»Sie«, sagte Friedrich, und brachte die Worte nur schwer heraus. »Sie wurden von Fredersdorff angeheuert, um mich irgendeiner Scharlatanerie zu unterziehen!«

Der Verrat war so groß, dass er sich am liebsten hingesetzt und geweint hätte wie das Kind, das er nie hatte sein dürfen.

Der Alchemist schüttelte den Kopf. »Nein«, sagte er, »den Zauber brauchte er für sich selbst. Er sagte, er hätte die schwerste Aufgabe vor sich, die sich ihm je gestellt habe, aber er müsse herausfinden, wie er sie auf die richtige Weise lösen könne, sodass Sie dabei nicht verletzt würden, oder doch so wenig wie nur irgend möglich. Um das zu erreichen, brauchte er die Gelegenheit zum Üben. Sire, es war ihm natürlich klar, dass Sie seine Ehe missbilligen würden. Also wollte er die beste Art und Weise herausfinden, um es Ihnen beizubringen, und zwar so, dass Sie sich hinterher an keine der schlechteren Versuche mehr erinnern.«

»Die beste Art und Weise wäre, erst gar nicht heiraten zu wollen«, sagte Friedrich, der nicht im Geringsten beschwichtigt war. Es fühlte sich für ihn immer noch wie ein unglaublicher Verrat an.

»Nun, das kommt darauf an, wie lange er leben soll«, sagte Saint-Germain sachlich, und alles in Friedrich gefror. Plötzlich fehlten ihm die Worte. Dankenswerterweise sagte Heinrich an seiner Stelle: »Erklären Sie das bitte, Graf.«

»Der Tod steht ihm schon ins Gesicht geschrieben«, sagte Saint-Germain, als rezitiere er das neueste Heeresbulletin. »Das hat man ihm in Aachen gesagt, aber ich konnte es ebenfalls erkennen. Wenn er seinen gegenwärtigen Lebensstil nicht ändert, die gewaltige Arbeit, die er leistet, und die Art, wie er arbeitet, dann hat er weniger als zwei Jahre. Aber selbst mit der besten Pflege konnten ihm die Ärzte nicht mehr als vier Jahre versprechen. Er hat mir erzählt, dass Sie genügend Menschen an einen plötzlichen Tod verlieren mussten, Sire. Deswegen meinte er, würde er lieber alles andere versuchen, als Sie noch einmal so einen Verlust erleben zu lassen. Zuerst wollte er wissen, ob ich wirklich unsterblich sei, und ob ich dieses Geheimnis mit ihm teilen könne. Was ich nicht konnte, denn meine Art der Unsterblichkeit lässt sich nicht teilen. Dann sagte er, wenn er nur noch ein paar Jahre vor sich hätte, dann würde es ihm gelingen, sich allmählich aus Ihrem Leben in den Hintergrund zurückzuziehen, und zwar so, dass er jemanden finden würde, dem er die Sorge um Euer Majestät anvertrauen könne. Schließlich kam Demoiselle Daum ins Spiel. Er kannte sie schon eine ganze Weile durch ihren Vater. Er mag sie. Ihre Eltern setzten ihr mehr und mehr zu, damit sie sich verheiratet, aber bisher waren ihre Freier nur der übliche Haufen junger Nichtstuer, die ihre Mitgift verschwenden und ihr das Herz brechen würden. Monsieur Fredersdorff hat ihr versprochen, dass er ihr die Freiheit verschaffen würde, so zu leben, wie sie es wünscht, so lange sie umgekehrt verspricht, ihn in seiner Krankheit zu pflegen, und sich um sein Gut und seine Handelsbeteiligungen zu kümmern. Er sagte, dass er Ihnen alles erklären würde, aber dass dies kein leichtes Unterfangen sei, und daher müsse er einen Weg finden, es Ihnen schonend beizubringen. Wenn der Zauber wie beabsichtigt gewirkt hätte, dann hätten Sie nie bemerkt, dass der Tag sich wiederholt. Er hingegen schon. Er hätte die beste Art und Weise gefunden, um Ihnen die Nachricht zu übermitteln, und ich wäre bereits mit erheblich mehr Geld auf dem Rückweg nach Paris.«

Mittlerweile war Friedrich zweimal gestorben, einmal durch Genickbruch und einmal durch einen Herzinfarkt. Saint-Germain zuzuhören, kam ihm vor, als stürbe er zum dritten Mal, als würde ihm die Luft gnadenlos aus der Lunge gesogen, bis nichts übrig blieb als der endlose Frost, der ihn in Küstrin umgeben hatte, wo alle Wärme und Hoffnung gestorben waren. Er wollte laut herausschreien, dass nichts von diesem Unfug der Wahrheit entsprach, dass es sich um eine grausame Lüge handelte, das Betrugsmanöver eines Scharlatans, der nur Narren von ihrem Geld trennen wollte. Zweifellos hoffte Saint-Germain darauf, am Ende von einem König entlohnt zu werden, den er für noch wohlhabender hielt als einen Hofbeamten. Es war alles nur eine List, und Fredersdorff litt an nichts Ärgerem als schlechten Ärzten und mehr Leichtgläubigkeit, als Friedrich ihm je zugetraut hätte, ganz zu schweigen von der Anmaßung, zu meinen, er wüsste, was Friedrich ertragen könnte und was nicht. Ja, es war alles Lüge, und das würde er dem Wiesel vor sich ins Gesicht sagen.

Und am nächsten Morgen würde Fredersdorff erneut sein Gemach betreten, um ihm mitzuteilen, dass er Heiratspläne hegte, wieder und wieder, bis in alle Ewigkeit. Aber wenigstens würde er leben.

»Was hätte denn den Zauber beendet, wenn er so gewirkt hätte, wie von Ihnen beabsichtigt?«, fragte Heinrichs Stimme in einem verflucht neutralen Tonfall. Friedrich wurde sich bewusst, dass sich die Hand seines Bruders immer noch auf seinem Arm befand, obwohl sich inzwischen ihre Haltungen verändert hatten. Fast schien es, als stütze er sich auf Heinrich, doch das war lächerlich. Heinrich war der kleinere Mann.

»Der Zauber endet, wenn der Geheime Rat Fredersdorff den Eindruck hat, dass seine Majestät hier die Nachricht von seiner Verlobung akzeptiert und seinen inneren Frieden darüber gefunden hat.«

Normalerweise sprach Heinrich Französisch, genau wie Friedrich selbst und der Rest ihrer Geschwister es taten, was ihre Reaktion darauf war, dass ihr Vater ihnen Deutsch gemeinsam mit der Religion hatte aufzwingen wollen. Aber jetzt fluchte er in dem Berliner Dialekt, den die Soldaten sprachen, und der Griff seiner Hand verstärkte sich.

»Gibt es denn keinen anderen Weg?«

»Keinen, von dem ich weiß«, sagte Saint-Germain. »Aber Sie können gerne morgen wiederkommen und mich erneut danach befragen. Vielleicht fällt mir dann etwas ein. Schließlich werde ich nirgendwo anders hingehen können.«

* * *

Heinrich musste es gelungen sein, ihn zurück in die Kutsche zu zerren, denn bis Friedrich wieder ruhig genug atmen konnte, um zu sprechen, befanden sie sich bereits auf dem Weg zum Tiergarten – dem Park in Berlin, den ihr Großvater aus einem ehemaligen Jagdgelände zur Begeisterung der Stadtbewohner geschaffen hatte. Für den jüngeren Adel war der Tiergarten ebenfalls ein beliebtes Ausflugsziel. Seit vielen Jahren war Friedrich nur noch im Winter zum Ausreiten dort gewesen, wenn er in Berlin statt in Potsdam residierte. Seine jüngeren Brüder dagegen besuchten den Park regelmäßig. Vor Kurzem hatte man ihm erzählt, dass Wilhelm es geschafft hatte, bei einem Picknick einen Baum in Flammen zu setzen.

»Ich weiß, dass ...« begann Heinrich, und Friedrich unterbrach ihn, dankbar, ein Ziel für den Sturm gefunden zu haben, der sich in ihm Luft machen wollte.

»Sie wissen überhaupt nichts. Am allerwenigsten, was es bedeutet, jemanden an den Tod zu verlieren. Wen haben Sie denn je verloren, Sie unglaublich verzogenes Balg? Glauben Sie wirklich, dass Sie wissen, was Trauer ist, nur weil Sie ein paar Liebesaffären hinter sich haben?«

»Ich habe neben meinem Pagen gestanden, als ihm in Ihrem letzten Krieg eine Kanonenkugel den Kopf wegriss« sagte Heinrich scharf. »Ich wette, Sie können sich noch nicht einmal an seinen Namen erinnern.«

Das konnte er nicht. Von dem Ereignis selbst dagegen wusste er noch, denn er hatte selbst nicht weit entfernt gestanden, wie auch ihr Bruder Wilhelm, und hinterher hatten seine Generäle ihn dafür getadelt, bei der Belagerung von Prag fast die gesamte königliche Dynastie riskiert zu haben. Heinrich war siebzehn gewesen, sein Page wohl noch etwas jünger. Den ganzen restlichen Tag noch hatten Spritzer von Gehirn, Blut und Knochen an Heinrich geklebt.

Tod im Krieg ist etwas anderes, wollte Friedrich sagen, aber er war nicht sicher, ob er das wirklich glaubte.

»Niemand würde je wieder sterben«, sagte er langsam, »weder im Krieg noch im Frieden. Zumindest nicht für länger als ein paar Stunden. Wenn dieser Tag sich weiter wiederholt.«

Heinrich befahl dem Kutscher, sein Gefährt anzuhalten. Offenbar waren sie im Tiergarten angelangt. Aber er machte keine Anstalten, die Kutsche zu verlassen. Stattdessen wandte er sich Friedrich zu, und selbst in dem fahlen Licht des Kutscheninneren konnte Friedrich das Gesicht ausmachen, das so sehr eine jüngere Karikatur des seinen war.

»Das wäre kein Leben, mein Bruder. Wenn wir immer nur wieder und wieder dasselbe täten. Ich weiß, wovon ich rede. Früher habe ich geglaubt, dass Sie mich bereits zu genauso einem Dasein verurteilt haben, in dem ich nichts weiter tun kann als mein Regiment zu drillen und Maskenfeiern mit Wilhelm organisieren, weil Sie uns nie andere Aufgaben anvertrauen und uns auch nie das Land zu verlassen erlauben würden. Aber jetzt erkenne ich, dass es in diesem Dasein immer noch die Möglichkeit zur Veränderung gibt. Die Chance darauf, zu lernen, zu wachsen und andere Entscheidungen zu treffen. Kein Tag ist genau wie der andere. Ich hatte mich geirrt. Es ist nicht wie dieser Tag, der sich wirklich wiederholt.«

»Auch dieser Tag verändert sich jedes Mal für uns. Wir haben immer andere Dinge versucht. Ja, es gibt einige Konstanten, aber auch Unterschiede, und wir könnten dafür sorgen, dass dem so bleibt«, protestierte Friedrich.

Einen Herzschlag lang schien ihm eine solche Zukunft eine freundlichere Form des Jahres seiner Gefangenschaft in Küstrin; er wäre auf ein bestimmtes Gebiet beschränkt, soweit er sich eben innerhalb eines Tages von Sanssouci entfernen konnte, und würde nie mehr als den Menschen begegnen, die er innerhalb dieses Tages sah, und die keine Ahnung davon hatten, dass sie immer wieder das Gleiche taten. Keiner von ihnen, außer einem.

Aber Fredersdorff würde weiterleben, er würde immer an Friedrichs Seite sein, er würde nie heiraten, und er würde niemals sterben.

»Nein«, sagte Heinrich noch einmal, und nun lag der mörderische Zorn in seiner Stimme, der ihr schlimmstes Familienerbe war. Auf Deutsch fuhr er fort: »Das tust du mir nicht an. Dazu hast du nicht das Recht. Mich mit dir zusammen einzusperren, ohne dass ich je die Gelegenheit haben werde, etwas zu tun, das mein Dasein auf dieser Erde rechtfertigt. Vielleicht hast du recht, vielleicht bin ich verzogen und habe eine zu hohe Meinung von meinen Fähigkeiten, aber ich habe das Recht darauf, das herauszufinden. Ich habe das Recht auf einen Lebenszweck, der nicht du bist!«

In die betäubte Verzweiflung, die Saint-Germains Worte in Friedrich hinterlassen hatten, schnitt etwas und füllte ihn mit belebender Wut.

»Mein Bruder Narcissus«, sagte Friedrich sachte und weigerte sich, Deutsch zu sprechen. »So sehr in sich vernarrt. Halten Sie Ihr Leben wirklich für wichtiger als das Fredersdorffs? Er hat mich auf so viele Weisen gerettet, dass Sie nicht einmal damit beginnen können, sich das vorzustellen. Ich bezweifle, dass ich unseren Vater ohne ihn je überlebt hätte, denn man kann in der Seele so sehr wie im Körper verhungern, und selbst wenn dieser Körper es bis zum Thron geschafft hätte, wäre er doch ohne Gefühl und Fantasie gewesen. Lassen Sie mich nur eines fragen, Henri: Was könnte Ihr Leben, das Leben, das Sie von mir fordern, je für mich bedeuten, das einem solchen Dienst auch nur ansatzweise gleichkommt?«

Er hörte Heinrich ausatmen, und das Schweigen zwischen ihnen wurde immer dichter, bis Friedrich sich einbildete, ihrer beider Herzschläge zu hören.

»Ich werde Sie überleben«, sagte Heinrich schließlich, in einer seltsam heiseren Stimme. »Das ist der Gewinn, den Sie daraus ziehen.«

»Verzeihen Sie, aber worin liegt darin der Vorteil für mich?«

»Der Vorteil ist, dass Sie mich nie verlieren werden«, gab Heinrich zurück. »Verstehen Sie mich nicht falsch. Ich bilde mir nicht ein, dass Sie brüderliche Zuneigung für mich hegen. Aber Sie haben mich so sehr geformt, wie unsere Eltern es nur je taten, Sie haben Ihr Bestes gegeben, um mich zu Ihrem Ebenbild zu machen. Sie sind ein Künstler, mein Bruder, mit der Eitelkeit eines Künstlers, und Sie wollen, dass Ihre Schöpfungen Sie überleben. Sie genießen zwar, diese Schöpfungen immer wieder zu zerlegen und neu zusammenzufügen, aber Sie wollen unbedingt vermeiden, dass sie nicht mehr da sind. Sie wollen diese Schöpfungen nie verlieren. Und das kann ich Ihnen bieten. Es ist nicht so, dass mein Leben mehr zählt als das von Fredersdorff. Aber es ist so, dass keiner von uns ein Leben hat, wenn Sie sich wirklich dafür entscheiden, diesen Tag endlos weiter geschehen zu lassen. Er wird kein Mann sein, der eine Wahl hat in allem, was er tut, sondern nur ein Automaton, der stets dasselbe tut, und sonst nichts weiter. Wenn Sie den Tag beenden, dann werden Sie ihn eines Tages verlieren, ja. Aber er wird wieder ein lebender Mann sein, der bis zu seinem Tod in der Lage sein wird, sich zu verändern und Sie zu überraschen. Und mich werden Sie nie verlieren. Selbst, wenn Sie ein ganzes Jahrhundert schaffen, dann schwöre ich Ihnen, dass ich Sie um weitere zehn Jahre überleben werde.«

Das würde er. Es war etwas in Heinrich, das sich biegen, aber nicht brechen ließ, das ihn dazu trieb, immer wieder aufzustehen, wenn man ihn niedergedrückt hatte, und Friedrich kannte es so gut wie seinen eigenen Atem.

»Ich werde seinen Verlust nie akzeptieren«, hörte er sich selbst sagen, und während neun von zehn Menschen das als Ablehnung verstanden hätten, hörte Heinrich die versteckte Klausel.

»Das brauchen Sie auch nicht«, sagte sein jüngerer Bruder. »Sie müssen ihm nur den Eindruck verschaffen, als täten Sie es. Und es gibt keinen besseren Lügner als Sie.«

* * *

»Fredersdorff«, sagte Friedrich leise, »schau mich an.«

Fredersdorff tat es, und Friedrich fragte sich, wen er wohl vor sich sah. Nicht den jungen, unglücklichen Prinzen, dem er zuerst begegnet war, oder auch den glücklichen jungen Mann der Rheinsberger Jahre, der zum ersten und letzten Mal in seinem Leben fast genauso leben konnte, wie er wollte. Nicht den jungen König, der sein Rendezvous mit der Unsterblichkeit auf dem Schlachtfeld suchte, den König, dem es gelungen war, ganz Europa zu überraschen – ganz Europa, aber nicht Fredersdorff, dem seine Pläne von Anfang an bekannt gewesen waren.

»Ich will nicht behaupten, dass mich diese Nachricht nicht überrascht«, sagte Friedrich. »Ich dachte immer, wir würden als zwei Hagestolze gemeinsam alt werden, du und ich. Aber wenn du eine Krankenpflegerin brauchst, dann brauchst du sie eben.«

»Sire ...«

»Ich will doch hoffen, dass sie sich darum kümmert, dass du auch all das Obst und Gemüse isst, das ich dir aus meinen Gärten schicke«, sagte Friedrich. »Der Koch, den du jetzt hast, der hält sich nicht immer daran, das weiß ich, das sieht man ja, bei dem Gewicht, das du ständig verlierst. Und wenn es ihr gelingt, all die Scharlatane hinauszuwerfen, die dir erzählen, dass sie gute Ärzte sind, dann gebe ich ihr fünftausend Taler als Verlobungsgeschenk. Du hörst viel zu oft auf solche Betrüger.«

Zwischen Fredersdorffs Augenbrauen grub sich eine feine Linie, die früher nicht da gewesen war. Sein forschender Blick schien etwas in Friedrichs Gesicht zu suchen. Glaub mir, dachte Friedrich. Glaub mir, ich bitte dich. Wenn du es nicht tust, dann bringe ich es nicht fertig, das noch einmal zu durchleben.

»Ich denke schon, dass sie etwas in der Art vorhat«, sagte Fredersdorff langsam, »wenn Sie uns denn die Erlaubnis zur Vermählung erteilen, Sire?«

Er sprach es wie eine Frage aus, nicht wie eine Feststellung, und Friedrich wusste, dass Fredersdorff klar sein würde, dass etwas nicht stimmte, wenn er jetzt einfach bedingungslos einwilligte.

»Lass uns nichts übereilen«, sagte Friedrich. »Die Erlaubnis zur Verlobung ist es, die ich dir gebe. Aber ich will erst sicher sein, dass die junge Person verlässlich ist, ehe ich dich ihr anvertraue. Weiber sind Weiber. Die ändern doch ständig ihre Meinung. Es gibt eine richtige Verlobungszeit, und dann, wenn sie sich nicht inzwischen einem andern Kerl an den Hals geworfen hat, dann kannst du mich noch einmal um die Erlaubnis zur Eheschließung bitten.« Weil Fredersdorff ihn kannte und weil er nicht Friedrich wäre, wenn er eine solche Nachricht nicht mit wenigstens etwas Bitterkeit und Spott begrüßen würde, fügte er hinzu: »Aber nimm dir lieber einen schmucken Jäger oder Knecht mit, Fredersdorff, wenn du bei deiner Krankenpflegerin einziehst. Oder glaubt sie dann, dass die Kerle für sie bestimmt sind?«

»Sie kennt meine Neigungen«, erwiderte Fredersdorff. »Und sie weiß, wem mein Herz gehört.«

Friedrich dachte an sein eigenes Gespräch mit Karoline Daum, ein Gespräch, an das sie sich nie erinnern würde. Es steckte Stärke in ihr und auch Güte. Wenn sie wirklich dazu beitragen würde, Fredersdorffs Leben zu verlängern, würde sie beides benötigen. Zum ersten Mal verschaffte ihm der Gedanke an sie einen Funken Hoffnung.

»Dann«, sagte Friedrich behutsam. »Dann kann ich meinen Frieden mit ihr machen.«

Noch einmal musterte Fredersdorff ihn prüfend. Schließlich nahm er Friedrichs Hand und küsste sie.

* * *

In der Nacht versuchte Friedrich noch einmal, wach zu bleiben, aber diesmal ohne die Hilfe von Kaffee. Stattdessen spielte er alle Flötenkonzerte, an die er sich erinnern konnte, bis die Hunde anfingen, lauthals zu heulen. Er hörte auf und ließ sich mit Thisbe an seiner Seite und einem Buch auf seinem Schoß in seinem Lieblingssessel nieder. Irgendwann schlief er trotz seiner Vorsätze ein.

Er wachte mit Kopfschmerzen auf, aber nicht in seinem Bett und nicht in seinem Nachthemd. Stattdessen trug er die Kleidung des vorigen Abends und saß immer noch in seinem Sessel. Friedrich hielt den Atem an und zählte bis zehn. Dann rief er nach einem der beiden Wachposten, die vor dem Schlafgemach postiert waren. Als er nach der Zeit fragte, entgegnete der junge Mann hastig, es sei noch nicht fünf Uhr morgens, noch eine weitere halbe Stunde lang nicht, und der König habe strikt angeordnet, um fünf Uhr geweckt zu werden.

»Und welcher Tag ist es, Kerl?«

»Der fünfzehnte Oktober, Euer Majestät!«

Er wagte es noch nicht, wirklich daran zu glauben, und befahl dem Wachposten, ihm das Feuer im Ofen zu schüren. Als der junge Mann gegangen war, kleidete sich Friedrich um und wartete. Aber es war nicht Fredersdorff, der mit einem neuen Stapel an Briefen eintrat. Es war sein Kammerdiener Anderson.

Etwas in Friedrich fühlte sich hohl an. Er hätte nicht sagen können, ob es ein schweres Gewicht war, das ihm nun nicht mehr auf dem Herzen lag, oder vielmehr die Leere eines Herzens, das gerade ausgeschabt wurde.

»Wartet denn schon jemand im Vorzimmer?«, zwang er sich, zu fragen.

»Seine Königliche Hoheit Prinz Heinrich, Euer Majestät.«

Das war eine Überraschung. Heinrich hatte er gestern nicht mehr hier gesehen. Wahrscheinlich hatte er ebenfalls einige wichtige Gespräche führen wollen, die von den Gesprächsteilnehmern entweder sofort vergessen oder nie erinnert werden würden.

»Dann werde ich mit ihm frühstücken«, sagte Friedrich, obwohl er Heinrich noch eine halbe Stunde warten ließ, ehe er aus seinem Schlafgemach trat.

Heinrich trug seine Uniform, was er an den vorigen Tagen nicht getan hatte. Er würde nie ein schöner Mann sein, aber die eng anliegenden Hosen und die Jacke machten das Beste aus dem, was er anzubieten hatte: eine gute Figur und die Augen der Familie.

»Dann ist Ihr Urlaub wohl vorbei?«, fragte Friedrich gedehnt. »Sind Sie bereit, in den Dienst zurückzukehren, mein Bruder?«

Es war leichter, es so zu formulieren, als offen zu fragen, ob dies auch für Heinrich ein neuer Tag war.

»Dem habe ich mich ja verpflichtet«, entgegnete Heinrich. »Als Teil Ihres Heeres, Sire.«

Zweideutig formulieren konnte sein jüngerer Bruder genauso gut.

»Wie wäre es mit etwas Kaffee, Henri?«

»Nein danke, Euer Majestät.« Dann lächelte Heinrich ganz unerwartet. Ein dünnes Lächeln, aber zweifellos ein Lächeln. »Aber ich habe ein kleines Mitbringsel für Sie. Frisch von den Druckern. Offenbar standen sie unter dem Eindruck, dass Euer Majestät die ersten Exemplare gleich zu sehen wünschen.«

Was er hervorzog, war eindeutig Friedrichs anonymes Anti-Voltaire-Pamphlet, der »Brief eines Akademiemitglieds in Berlin an ein Akademiemitglied in Paris«. Friedrich nahm es ohne weiteren Kommentar entgegen und entfaltete es auf dem Tisch vor sich. Inzwischen erschien es ihm nicht mehr ganz so wichtig; nicht mit dem Wissen um Fredersdorffs Schicksal, das ihn nie ganz verließ. Dennoch konnte er nicht leugnen, dass ihn das Lesen der ersten Zeilen ein wenig aufmunterte. Wie wohl Voltaire auf sie reagieren würde?

Er las noch etwas weiter. Schließlich hatte er sich mit dem Pamphlet enorme Mühe gegeben.

»Wenn man das bekommt, was man will, ist es entweder ein Fluch oder ein Segen. Die Griechen konnten sich da nie entscheiden«, murmelte Friedrich. »Was meinen Sie, Henri?«

Sein Bruder lehnte sich ein wenig vor, und während die Strahlen der aufgehenden Sonne den Raum allmählich immer mehr erhellten, konnte Friedrich sehen, wie sich ihre Schatten miteinander vermengten.

»Ich denke, dass wir es herausfinden werden.«

Historische Fußnote:

Michael Gabriel Fredersdorff begann seinen Dienst bei dem damals noch in Gefangenschaft lebenden jungen zukünftigen Friedrich den Großen irgendwann im Jahr 1731, höchstwahrscheinlich im Dezember, und blieb bis zum April 1757 bei ihm, als er aus gesundheitlichen Gründen von all seinen Ämtern zurücktrat. Er starb im Januar des Jahres 1758. Die meisten der sehr zärtlich und vertraulich geschriebenen Briefe Friedrichs an ihn sind erhalten.

Fredersdorff verlobte sich mit Karoline Maria Elisabeth Daum am 29. Oktober 1752; sie heirateten am 20. Dezember 1753. Karoline heiratete nach Fredersdorffs Tod noch zweimal, doch sie bezeichnete Fredersdorff immer als den ihr liebsten unter ihren Ehemännern, und entschied sich dafür, sich neben ihm in Zernikow beerdigen zu lassen.

Friedrich veröffentlichte sein anonymes Pamphlet gegen Voltaire, »*Lettre d'un académicien de Berlin à un acadèmicien de Paris*« am 15. Oktober 1752 – daher meine Datumswahl, was den sich wiederholenden Tag betrifft – als Antwort auf Voltaires gleichfalls anonymes Pamphlet (veröffentlicht am 18. September 1752); der Papierkrieg war Teil des eskalierenden Rosenkriegs zwischen König und Dichter, der das Ende von Voltaires drei Jahren in Preußen darstellte. Nach einigen Jahren versöhnten sich die beiden wieder brieflich und blieben bis zu Voltaires Tod in enger schriftlicher Verbindung.

Das Verhältnis zwischen Friedrich und dem vierzehn Jahre jüngerem Bruder, den er einmal als »mein anderes Selbst« bezeichnete, war von lebenslanger Hassliebe und gegenseitiger psychologischer Abhängigkeit geprägt. Im Siebenjährigen Krieg wurde Heinrich der nach Friedrich wichtigste General. Er überlebte Friedrich um zwölf Jahre.

Der Perry Rhodan Stammtisch »Ernst Ellert« München

Auf Initiative von Dieter Wengenmayr trafen sich trotz des vermeintlich ungünstigen Termins erstmals am 2. Januar 1997 weit über 20 Fans in München und begründeten dort, was für die bayerische Metropole eigentlich längst überfällig war: einen Perry Rhodan-Stammtisch.

Ein Namenspatron war schnell gefunden. Nur einer aus dem PR-Universum erfüllte die Voraussetzungen: Ernst Ellert – einst in München-Schwabing tätiger Schriftsteller und Teletemporarier, später unfreiwillig Reisender durch Zeit und Raum, Konzept und Bote von ES.

Anlässlich des 25-jährigen Stammtisch-Jubiläums fand 2022 der erste Ernst Ellert-Con statt, dem sicher noch weitere folgen werden!

Mehr Informationen unter: www.prsm.clark-darlton.de

Danksagung

Herzlichen Dank an Jürgen Müller, der mir die fixe Idee einer Ernst-Ellert-Zeitreise-Anthologie in den Kopf gesetzt hat, und nicht minder Dank an die Autor*innen, die sich bereit erklärt haben, eine Geschichte beizusteuern.

Vielen Dank an Uschi Zietsch für die Einleitung in den Perry-Rhodan-Kosmos.

In bewährter Weise hat Grafikdesignerin Daniela Szegedi wieder ein großartiges Cover für unsere Anthologie gezaubert.

Das Korrektorat hat Tino Falke übernommen, dafür einen herzlichen Dank.

Im Lektorat haben mich Mae Ludwig und Marina K. Wolf unterstützt, auch ihnen gilt mein großer Dank.

Auch dieses Mal gilt unser gesammelter Dank allen Mitgliedern der Münchner Schreiberlinge e.V. – ohne euch würde es diese Anthologie und ihre zehn Vorgängerinnen nicht geben.

Ein Dank gilt auch euch lieben Lesenden, denn ohne euch wäre ein Buch nur halb so viel Wert. Und deswegen bitten wir euch, die Kunde in die Welt hinauszutragen: Sprecht über das Buch, empfehlt es weiter und schreibt Rezensionen!

Ein besonderer Dank gebührt meinem Papa, denn durch seine Silberband-Sammlung habe ich zu Jugendzeiten die Liebe zum Perry-Rhodan-Kosmos entdeckt!

Ein allerletzter und ganz wichtiger Dank geht an meine Familie, die mich immer unterstützt und mir mit Rat und Tat zur Seite steht!

Die Autor*innen

Jon **Barnis** erblickte in den 70er Jahren das Licht der bis heute nicht weniger seltsam und fremd erscheinenden Welt. Auch wenn er sich der Gegenwart wohl bewusst ist, hängt immer noch ein verträumter Teil von ihm in den mittleren 80ern fest und weigert sich standhaft, erwachsen zu werden. Er versuchte sich lange, leidvolle Jahre mit begrenztem Erfolg als Handwerker, bis ihn der glückliche Umstand körperlichen Versagens zum beruflichen Umdenken bewegte. Darüber hinaus bezeichnet er sich stolz als Nerd. Fest in der Popkultur verankert, schlägt sich dieser Charakterzug unweigerlich auch auf seine Protagonisten nieder. Außerdem ist er bestrebt, seine Person möglichst weit hinter dem Werk anzustellen. Für ihn ist es wichtig, dass die Geschichte erzählt wird. Von wem, und wer hinter diesem Jon steckt, spielt dafür keine Rolle.

Roxane **Bicker** wurde in Kassel geboren. Nach dem Studium der Ägyptologie, Koptologie und Ur- und Frühgeschichte arbeitet Roxane als Leitung der Kulturvermittlung im Staatlichen Museum Ägyptischer Kunst und lebt mit der Familie in München.

Neben der Geschichte hegt Roxane auch eine Leidenschaft für die Astronomie, den Weltraum und die Sterne.

Roxane ist Gründungsmitglied und Vorsitz des Vereins Münchner Schreiberlinge e.V.

Weitere Informationen zu aktuellen Projekten finden sich auf roxanebicker.com

Matthias Sebastian Biehl kam 1978 in München zur Welt. Seit er einen Stift halten konnte, versucht er, die unzähligen Geschichten zu Papier zu bringen, die ihm täglich durch den Kopf schwirren. Auch wenn er sich gerne in ferne Welten träumt, so ist er seiner oberbayerischen Heimat doch treu geblieben. Zurzeit arbeitet er in Penzberg an seinem Debütroman.

Weitere Informationen unter: www.the-real-biehl.net und Instagram: matthias.sebastian.biehl

Tanja Kinkel, geboren 1969 in Bamberg. Studium der Germanistik, Theater- und Kommunikationswissenschaft, acht Kultur- oder Literaturpreise, seit 2021 Trägerin des Bayer. Verdienstordens, Stipendien in Rom, Los Angeles und an der Drehbuchwerkstatt der HFF München; Gastdozentin an Hochschulen und Universitäten im In- und Ausland, Präsidentin der Internationalen Lion Feuchtwanger Gesellschaft. Das Werk von Tanja Kinkel umfasst 20 Romane mit einer Auflage von über 7 Millionen, ihre Bücher wurden in 15 Sprachen übersetzt. Tanja Kinkel ist Schirmherrin des Bundesverbandes Kinderhospiz und Mitbegründerin der 1992 gegründeten Kinderhilfsorganisation »Brot und Bücher e.V.«.

Weitere Informationen unter tanja-kinkel.de und Facebook/Twitter: tanjakinkel

Sarah Malhus, Jahrgang 1989, schreibt schon seit ihrem 12. Lebensjahr. Tagsüber in einem Brotjob tätig, verbringt sie ihre Freizeit am liebsten mit Literatur, sei es produzierend oder konsumierend. Genreübergreifend schreibt sie alles, was ihr die Plotbunnys bringen – von Kurzgeschichte bis Roman –, doch in der Fantasy fühlt sie sich zu Hause.

Sie ist zudem als Herausgeberin und im Vorstand des gemeinnützigen Vereins Münchner Schreiberlinge e.V. tätig.

Die Autorin wohnt mit Lebensgefährte und Kaninchen nördlich vor Münchens Stadttoren.

Weitere Informationen unter sarahmalhus.de und
Instagram/Threads/Facebook: schreibmaid

Jacqueline Mayerhofer – Autorin, Lektorin und Herausgeberin
– wurde 1992 in Wien geboren. Sie beendete ihre Schulausbildung
2012 mit der Matura an einer Schule mit Schwerpunkt für internatio-
nale Geschäftstätigkeit und Marketing. Ihr Studium der Deutschen
Philologie wird sie 2024 mit dem Master of Arts an der Universität
Wien abschließen.

Neben Romanen und Novellen hat sie seit ihrem Debüt 2008 zahlreiche Kurzgeschichten in unterschiedlichen Anthologien veröffentlicht. Hauptberuflich arbeitet sie als freie Lektorin. Seit 2016 schreibt
sie auch Romane in anderen Genres unter einem Pseudonym. 2023
wurde sie mit dem Chrysalis Award der European Science Fiction
Society (ESFS) geehrt.

Zu den jüngsten Romanveröffentlichungen zählen ihre Space
Opera »Brüder der Finsternis«, ihre Cyberpunk-Novelle »Our Me-
chanical Hearts« sowie der Auftakt ihrer Fantasy-Trilogie »Dimensi-
onslichter« (Zeitalter der Rebellion 1).

Weitere Informationen unter www.jacquelinemayerhofer.at und
auf Instagram/Facebook/Twitter.

Bernhard Schmidt hat Luft- und Raumfahrttechnik an der Tech-
nischen Universität München studiert und arbeitet seit 1986 in unterschiedlichen Funktionen bei Airbus, dem bayerischen Unterneh-
mensverband bavAIRia, dem Mittelständler Kayser-Threde und der
Fraunhofer-Gesellschaft. Dort ist er für zentrale Geschäftsentwicklung Luft- und Raumfahrt verantwortlich. Er verfügt über 25 Jahre
praktische Erfahrung in Strategie- und Geschäftsentwicklung sowie
umfassende Kenntnisse strategischer Modelle, Methoden, Prozesse
und Instrumente.

Uschi Zietsch

Geboren 1961 in München, publiziert seit 1986 in vielen verschiedenen Genres mit über 250 Veröffentlichungen, ist als Susan Schwartz Teamautorin bei Perry Rhodan, gibt Schreibseminare, arbeitet zudem als Lektorin und Coach und ab und zu als Moderatorin sowie Stand-up-Comedian im Duo Außer&Irdisch.

Noch mehr von den Münchner Schreiberlingen ...

München Legenden

Der Lindwurm, Wolpertinger, eine Isarnixe: seltsame Gestalten, die München bevölkern und von den meisten unbemerkt in den Sagen weiterleben.

Der Alte Peter, der Schöne Turm, das Fausttürmchen: Münchner Orte, um die sich wundersame Legenden ranken.

Franz von Stuck, der heilige Onuphrius, Studenten der Kunstakademie: historische Persönlichkeiten, deren Geschichten vergessen oder nie erzählt wurden.

20 Münchner Autor*innen und Autoren begeben sich auf eine Reise in die Vergangenheit, die Gegenwart und die ferne Zukunft. Dabei kommen sie spannenden, lustigen, tragischen und verstörenden Mythen auf die Spur.

ISBN: 9783750471849
Print: 15,00 €
eBook: 9,49 €

Roxane Bicker
(Hrsg.)

MÜNCHEN
Legenden

Münchner Sagen und Legenden
neu erzählt

Kaffeesatz

Kaffee – alltäglicher Begleiter vieler Menschen. Doch was ist, wenn er nicht nur anregend, sondern auch magisch wirkt? Welche Geheimnisse verbergen sich in seinen schwarzen Tiefen?

Zehn Geschichten laden ein, eine ganz andere Seite des Kaffees kennenzulernen – überraschend, tragisch, phantastisch – und zeigen, dass auch im Kaffeesatz noch immer etwas Gutes steckt.

ISBN: 9783756226535
    Print: 10,00 €
    eBook: 5,99 €

Roxane Bicker
Jenny Wood
(Hrsg.)

KAFFEE
SATZ

Sonnenseiten

Die Zukunft wird sonnig! Im Solarpunk sind die Städte grün, die Communitys inklusiv und die Technologien nachhaltig. Die futuristische Gesellschaft ist geprägt von Zuversicht und Gemeinschaftssinn. Doch auch in Utopien gibt es Raum für Rebellion.

22 Autor*innen ergänzen optimistische Zukunftsvisionen durch verschiedenste Formen von Street-Art. Die Gründe sind so vielfältig wie die gewählten Kunstformen, doch eins verbindet sie alle: die Hoffnung, etwas zu verändern.

ISBN: 9783756801879
   Print: 12,00 €
   eBook: 7,99 €

SONNEN
SEITEN
Street-Art
TRIFFT SOLARPUNK

TINO FALKE
JULE JESSENBERGER
(HRSG.)

X

»Noch nie hat ein X irgendwo, irgendwann einen bedeutenden Punkt markiert.«

Vielleicht nicht, aber dieses X markiert die 10. Anthologie der Münchner Schreiberlinge.

10 Finger, 10 Gebote, 10 biblische Plagen. Eine Dekade. Dinge dezimieren. Number 10, Downing Street. 1 und 0. Binarität. Dezember. Überall in Mythologie, Geschichte, Sprache und Alltag ist die 10 präsent.

Siebzehn Autor*innen zeigen in ganz unterschiedlichen Szenerien, welche ze(h)ntrale Rolle das X spielen kann. Begebt euch mit uns auf die Reise und erforscht die Bedeutung der 10.

ISBN: 9783758364358
Print: 12,00 €
eBook: 5,99 €

ROXANE BICKER
SARAH MALHUS
(HRSG.)

**DIE ZEHNTE
ANTHOLOGIE**
DER MÜNCHNER
SCHREIBERLINGE

Der Selfpublishing-Fahrplan für Anthologien

Du hast vor, eine Anthologie herauszugeben, weißt aber nicht, wo du anfangen sollst?

Mit diesem Fahrplan liegt dir ein praxisorientierter Leitfaden vor, der dich Schritt für Schritt von der Idee zum fertigen Buch begleitet - denn die Welt braucht mehr Anthologien!

ISBN: 9783752668711
eBook: 2,99 €

ROXANE BICKER | SARAH MALHUS

DER SELFPUBLISHING-FAHRPLAN FÜR ANTHOLOGIEN

EIN LEITFADEN

MÜNCHNER
SCHREIBERLINGE

Inhaltswarnungen / Content Notes

Die Liste wurde sorgfältig erstellt, es kann aber keine Garantie für Vollständigkeit übernommen werden.

Jon Barnis, Ipson auf dem Hochhaus: Selbstmord (erwähnt)

Matthias Sebastian Biehl, Altlasten: Tod und Verlust eines nahen Angehörigen, körperliche Gewalt, Mord, Schusswaffengebrauch, Alkoholkonsum, Selbstjustiz

Tanja Kinkel, Und täglich grüßt der Alte Fritz: Klassismus, Krieg (erwähnt)

Sarah Malhus, (K)Ein alternatives Ende: Alkoholkonsum, Blut, eingesperrt sein/enge Räume

Jacqueline Mayerhofer, Die Kanon-Zeitschleife: Schusswaffen, Verlust, Kriegserwähnungen

Bernhard Schmidt, Im Anfang war das Wort: Alkoholkonsum, Koma